映画じゃない日々

加藤千恵

祥伝社文庫

映画じゃない日々

contents

contents

目次・章扉デザイン／成見紀子
本文イラスト／かわかみじゅんこ

#1 目的地じゃない学校

《何かがアップになっている。カメラが徐々に引かれるにつれ、それが砂浜であり、舞台が海岸であること、そこで一組のカップルが手をつないで歩いていることなどがわかってくる。カップルの服装からして、季節は冬らしい。

「寒いね」

男が言い、女は頷《うなず》く。女は何かを考えているようだ。しばらく黙って歩き続けてから、女が言う。

「ねえ、今、一番行きたい場所ってどこ?」

男が口を開き、声を発するかどうかのタイミングで、場面は室内に切り替わる。誰かの部屋らしい。多分、台所に立っている後ろ姿の女の部屋。女は海岸で

歩いていた女と同一人物のように見えるけれど、まだはっきりしない。歌を口ずさみながら、スープらしきものを作っている》

あたしがこの映画館に来た理由は、単なる気まぐれでしかなかった。

いつものように学校をさぼって、最寄り駅のトイレで着替えを済ませて、適当な駅で降りてふらふらしていると、この映画館の前に出た。映画のポスターが貼られた看板が出ているものの、何も考えなければ通り過ぎてしまうような建物だ。道路沿いにあり、隣はマクドナルドだった。今日は何をして時間をつぶそうかな、と考えていたから、気づけたのだと思う。

ポスターの下に、本日レディースデー一〇〇〇円、と印刷された紙が貼られていて、それがあたしの足を動かした。上映時間のちょうど十五分前だったし。

中は狭かった。あたしが今まで行ったことのある映画館の中で、一番狭いと思う。百席はあるんだろうか。ぽつぽつと座っている人が見えて、どれも女性らしかった。さすがレディースデー、と思いながら、あたしは後ろから三列目の真ん中あたりに座る。全部で十二、三列だろうか。

上映が始まるまでの間、あたしはロビーに置いてあったいくつかのパンフレットを見て過ごした。どれも適当に手に取ったものだ。日本の映画、海外の映画、油絵の個展、写真展。紙もサイズもまちまちなパンフレットたちは、一つとして、あたしの興味を惹《ひ》かなかった。けれどどこの映画と同じで、もしたまたま通りかかるようなことがあれば、入るのかもしれない。あたしはそのくらい退屈しているのだ。ただ、最近は退屈にも慣れてきた。

二人で来ている女の人同士が話をしていた。けっして大きな声ではないけれど、周りがすごく静かだから、時々単語が耳に入ってくる。共通の友だちの話をしているらしい。

始まる直前になって、カップルが入ってきて、あたしの一列前に座った。真ん中からずれてくれたのは、こっちに気を遣《つか》ってのことかもしれない。座ってすぐに話し出した。

「もしかして、男って、おれだけじゃないの」

「そうかも。ごめんね」

二人ともひそひそ声だけれど、前列なので丸聞こえだ。別に男が一人でもいいじゃん、ダンスパーティーしろっていうんじゃないんだし、と無関係なあたしが心の中で思っていると、ブザーが鳴り、会場が暗くなった。あたしは携帯電話の電源を切り忘れていたことに気づき、慌てて操作する。誰かから連絡があるとは思えないけれど。

外に出ると、光がやけにまぶしく感じられた。外がこんなにも明るいことが、不思議に思えた。どこかで夜みたいな気分になっていたのだと気づく。映画館内が暗いのはもちろんあるけれど、夜のシーンが多い映画だったから。

映画は、普通だった。普通っていうか、別におもしろくもつまらなくもなかった。一人の女の人が、失恋して、それからまた元気になっていく話。ポスターには、再生、って言葉が使われていたけど、それは大げさだと思った。

一番行きたい場所ってどこ？　という冒頭の言葉が妙に印象に残っていた。特にその後のストーリーとは結びついてこないのだけれど、映画館を出たあたしが、最初に考えたのはそのことだ。あたしの一番行きたい場所ってどこだろう。

とりあえず今は、空腹を満たす場所だな、と思いながら歩く。ファーストフードやファミレスが目につくけれど、今日はもっとそれよりも、手作り感のあるものを食べたい気分だ。

携帯電話を取り出し、電源を入れる。メールは来ていなかった。十二時十分。みんなはお昼を食べはじめる頃だろうか。あたしの通う学校には、高校にしては珍しく学食があって、今までは何人かとそこでお昼を食べていた。お弁当派も多かったけれど、あたしはたいてい学食のメニューをとっていた。いつも少しやわらかすぎるパスタとか、盛り付けるおばちゃんによってすごく差が出るカレーとか。たくさんの窓から明るい光が差し込んでいて、座る席によってはまぶしいほどだ。あたしのいない学食も、今日も何ひとつ変わりないのだろう。

めぼしいお店がなかなか見つけられず、一旦駅前に戻ったほうがいいかもしれない、とあきらめかけた頃になって、カフェを発見した。食堂という単語が入った店名にも、小さな黒板に書かれたメニューにも、期待が持てた。手作りキーマカレーか、ホワイトソースのオムライスだな、と思いつつ階段を下る。お店は地下にあった。

店内はあたたかく、料理のいい匂いがした。一人であることを伝えると、全席禁煙ですがよろしいですか、と確認があって、二人がけの席に案内された。そう広くない、見渡せる程度の店内は、半分以上の席がお客さんで埋まっている。ほとんどが大学生だろうか。女性ばかりだ。向かいの座席に、制服が入ったトートバッグ（ファッション雑誌の付録だったものだ）と、筆箱とポーチくらいしか入っていない通学用カバンを置く。

あたしの隣の席にいるのも一人客で、おじいさんだ。彼は、明るい店内で、明らかに異質な存在だった。もう食事（どうやらビーフシチューらしい）を終えて、からっぽのお皿とコーヒーを前に、ルーペを使って本を読んでいる。厚い本だ。小説だろうか。タイトルが気になるけれど、同じ方向を向いて座っているため、確認することができない。本文はとても細かく、文字が二段に分かれていた。

お水を持ってきてくれた店員に、きのこと鶏肉のホワイトソースオムライス、を注文して、あたしはちらちらと隣のおじいさんを観察した。

薄くて白い髪の毛。ルーペを片手に持ったまま、目を細めたり、もう片方の手で本を遠ざけたりしながらページを繰《く》っていく姿が、必死に見える。

水色のストライプのシャツに、鮮やかな緑のベストを組み合わせている。下はダークブラウンのコーデュロイのパンツ。とてもおしゃれだ。このおじいさんは、映画館で男性が自分一人であっても、そのことを気にも留めないんじゃないか、という気がした。

それからしばらくすると、あたしの料理が運ばれてきた。オムライス、パセリが浮かんだコンソメスープ、ドレッシングがかかったミニサラダ。

料理を置いた店員が、隣のおじいさんに、こちら、お下げしてもよろしいでしょうか、と話しかける。

「はい」

おじいさんは小さくそう言った。想像よりも高い声だった。その後で咳《せき》払いをする。店員が、ビーフシチューのお皿を持っていく間も、おじいさんは本から顔をあげなかった。

オムライスの卵はトロトロの半熟で、チーズも入っていた。おいしい。オムライスを食べたのなんて、ずいぶん久しぶりのことのような気がした。最近のお昼ごはんはずっと、ファーストフードのハンバーガーとか、コンビニのお弁当を買って公園で食べたりすることが多かった。毎月のおこづかいをオーバーしないように過ごそうとすると、どうしても選択肢は狭まる。映画を観た上に、カフェでお昼をとっているあたしの、本日の収支は明らかに赤字だけれど、たまにはこんな日があってもいいような気がする。夏休みに登録制のバイトをしまくっていたので、貯金もまだ残っているし。

学食でもたまにオムライスがメニューに出ることがあったけれど、今日のようなものとはまるで違った。卵もトロトロじゃないし、中も外も完全なケチャップだけの味だ。

学食で、毎日どんな話をしていたか、どんなことを思っていたのか、うまく思い出すことができない。ほんの二ヶ月前のことなのに。さっきの映画のシーンのほうが、ずっとリアルで、自分に近いことのような気がしてしまう。

白木のテーブルの上に置いていた、携帯電話に手を伸ばす。最後にあったメールは二日前。友だちからのものだ。カラオケへの誘いだった。断ると、それっきり返信は途切れた。当たり前かもしれないけれど、友だちからメールが来る頻度《ひんど》も、どんどん減っている。最初はものすごく心配されていたみたいだけれど、あたしが健康で、特にトラブルを抱えているわけでもないことが伝わるにつれ、みんなの興味も薄れていったんだと思う。それでいいと思う自分と、まるでわかってもらえないことを寂しく思う自分がいて、面倒くさくなる。感情はいつだって重たくのしかかる。感情なんてなければいいのにとも思ってみても、逃げられない。あたしは、自分の気持ちも、誰かの気持ちも、面倒くさい。

みんなの中では、あたしが面倒くさいやつってことで、まとまっているだろうな、と思う。学校休んでるのなんなんだろうねー、変だよねー、とみんなが言い合う姿は、この目で見たかのように想像できる。実際に起こっていた出来事を思い出すより、ずっとたやすい。

あたしにしては珍しく、出された食事を残さずに全部たいらげると、お腹が苦しくなった。食べ終える寸前になって運ばれてきたハーブティーを、お腹を落ち着かせるために飲んでいるけれど、ますます苦しくなっているだけかもしれない。

隣のおじいさんは、相変わらず本を読んでいた。表情は全然変わっていなくて、読んでいるのがどんなものなのかはまるでわからない。なんとなく、楽しいものじゃないような気がする。

この人は何歳くらいなんだろう。もう働いていないだろうし、七十歳くらいだろうか。あたしが小学生のときに亡くなったおじいちゃんは八十歳くらいだったけど、それよりは若い気がする。

あたしは思いきって、声をかけてみることにした。

今日はいつもと違うことをしてみたかった。映画を観に行ったのも、単なる偶然というか気まぐれだけど、そういうふうに動いてみたかった。あたしはどこかで、なぜか強気になっていたのだ。まるで自分が物語の登場人物であるかのように。きっと無視されはしないだろうと思ったし、抱える退屈を、少しつぶしてほしい気持ちもあった。

「なに読んでるんですか」

おじいさんはゆっくりとこちらを向いた。それから、あたしの視線が彼に向けられていることを確認すると、信じられないな、というように首をかしげた。それからルーペを置き、代わりに眼鏡をかけ、改めてこちらを見つめた。

あたしはからかうような気持ちで声をかけたことを、早くも後悔してしまう。正面から見た彼の表情は、横顔よりも、厳しい雰囲気を持っていた。おでこには三本の皺《しわ》が刻み込まれていて、どれも深い。レンズが丸くて大きい眼鏡は、黒縁《くろぶち》の重そうなものだ。

「本が、好きなんですか」

おじいさんの口から出てきたのは、予想に反して、柔らかでシンプルな問いかけだった。

あたしは、はい、と言った。嘘だった。本なんてちっとも読んだことがない。けれど、肯定しないと、話しかけたことをますます不審がられてしまいそうな気がした。単なる馬鹿な子だと思われるのも不本意だ。こちらが会話の主導権を握ればいいのに。

「本はいいですね」

おじいさんは言い、わずかに残っていた自分のコーヒーを飲み干した。あたしは半分だけ彼の方を向いた、体が斜《なな》めになった状態のまま、自分のハーブティーを口に運んだ。

「出ましょうか」

そう言って、読んでいた本を閉じると、おじいさんは立ち上がった。あたしは戸惑い、えっ、と思わず口にした。質問も行動も、あたしの予想していた展開とはまるで違う。けれど、おじいさんが、本もルーペも茶色のカバンにしまいこみ、椅子の背に掛けてあったベージュのジャケットを着て、こちらをじっと見ているので、立ち上がらざるをえなかった。

まるで決まっていたことのように、おじいさんはあたしの分の会計もまとめて済ませ、スタスタと歩いていった。質問をすることがためらわれるような後ろ姿だった。一度も振り返らなかった。あたしがついてこないことなんて考えてもいないのかと思うと、不思議だった。事実、あたしは黙って彼の後ろをついていったわけだけれど、止まってしまうことも、違う方向に行くことも、簡単にできたのだ。それでもそうはせず、付いていった自分も不思議だった。本当に物語の登場人物になったみたい。

おじいさんが入っていったのは、喫茶店だった。カフェではなく、喫茶店。何十年も前から営業してそうな古いお店。

カウンターの中にいた店主らしき男の人に直接案内され、椅子ではなくソファにかけた。店内はコーヒーの匂いがして、クラシックが流れている。

「お久しぶりですね」

「ご無沙汰《ぶさた》してしまって」

「ずいぶん若いお嬢さんをお連れで。カネヒラさん、モテますね」

「何を言ってるんだか」

男の人とおじいさんが、楽しげに話している横で、あたしはどんな顔をしていいのか、落ち着かなかった。最後に男の人が、ゆっくりしていってくださいね、とあたしを見ながら微笑《ほほえ》んだので、笑顔をつくって頷いた。

カネヒラっていうんだな、と思った。どんな字を書くのだろう。金平？　兼平？　苗字だと思ったけれど、まさか下の名前ってことはあるだろうか。

「決めましたか」

おじいさんに言われて、あたしは慌てて、広げたメニューに目を落とした。几《き》帳面《ちょうめん》な文字で書かれたメニューの中身は、ほとんどがコーヒーだ。産地が違うらしく、それぞれの味の特徴が短く添えられている。コーヒーはそれほど好きじゃないけれど、ここでコーヒーを頼まないのは失礼な気がする。飲みやすそうな、ミルクコーヒーを選んだ。カフェオレとは違うのだろうか、と疑問を抱きつつ。

飲み物が運ばれてくるまでの間、おじいさんはずっと黙っていた。あたしも何も言わなかった。運ばれてきたコーヒーを口にしてから、ようやく口を開いたのは、彼のほうだった。

「スタインベックの『怒りの葡萄《ぶどう》』です」

「ス、スタイン……？」

何の話をしているのか、まるでわからなかった。コーヒーのことかと思った。ブドウみたいな味ということだろうか。怒りのっていうのは、ブドウのブランドか何かか。頭の中に疑問が満ちていく。

あたしが何も理解していないことに気づいたのか、彼が言葉を足した。さっきよりも少し荒めの口調で。

「読んでいる本が何かと聞いていたでしょう。スタインベックの『怒りの葡萄』です」

あたしはようやく気づき、何度か頷く。そして質問した。

「おもしろいんですか」

「古い小説ですから」

それが彼の答えだった。古い小説だからおもしろい、のか、古い小説だからつまらない、のか、古い小説だからおもしろいとかおもしろくないとかいうことじゃない、のかわからなかったけれど、あたしはまた頷いておいた。

ミルクコーヒーは、見た目の白さよりは苦かったけれど、温かく、甘さもあった。おいしいと思った。

「学校はどうしてるんですか」

おじいさんから質問が出てきたことに、あたしはとてもびっくりした。質問されたことにも、その内容にも。

学校をさぼりはじめてから数日は、とてもドキドキしながら歩いていた。いつ誰に、学校はどうしたんだ、と聞かれてしまうかもしれないと思って。大人と目が合うことが怖かったし、なるべく目立たないように過ごせる場所を選んでいた。

けれど、いろんな場所で過ごしているうちに、どうやら世の中は、あたしみたいな、明らかに学校に行っていない子に対して無関心らしい、とわかってきた。どんなお店に入ろうと、訊《たず》ねられることはまずない。一応私服に着替えているからだろうかと思ったけれど、多分制服姿でも同じことだ。実際に何度か、平日の昼間に、制服姿でふらふらしている子たちを見かけたけれど、何か言われているような様子はなかった。今、私服に着替える行為は、あたしにとって、単なる儀式のようなもので、たいして意味を持たない。

「休んでます。行きたくなくて」

学校が休みだと嘘をつくこともできたけど、なぜかそうする気にはなれなかった。おじいさんの目を見ながら言った。おじいさんは、顔色を変えることなく頷いた。

「いじめられているんですか」

首を横に振った。

「特に理由はないです」

これも本当だった。学校に行かなくなったことに明確な理由はない。今日、映画館に入ったことと同じようなものだ。むしろ、理由があったほうが、あたしも先生も困らないんじゃないかなあと思って申し訳なくなったりする。先生は何度か自宅に電話をかけてきたけれど、うちの両親は朝から晩まで仕事に出ているし、大学生のお姉ちゃんも深夜に帰宅するのがほとんどだ。結局、入れられた留守番電話のメッセージは、あたしだけが聞いて、あたしが消去した。誰にも届かなかった、先生のメッセージ。

さぼり始めたのは、夏休みが終わって少ししてからのことだ。来月の後期中間試験には、さすがに行かなきゃいけないだろう。いったいどんな顔をして教室に入っていけばいいのだろうと思う。

学校をつまらないと思っていたわけじゃないけれど、おもしろくなかったんだなということに、休みはじめてから気づいた。一度さぼってしまうと、あとは簡単なことだった。

学校に行かない代わりに、何かを得ている実感なんてないし、このまま一生行かないと決めているわけでもない。自分探しだと思ってるわけでもなくて、ただなんとなく、今はここにいる。

思ったことが、そのまま伝わったはずはないのに、おじいさんはまた頷いて、あたしはもう、それで伝わっているような気がしてしまった。どうして見ず知らずのおじいさんに、こんなことを思ってしまうのかわからなかった。

平日の午後に、古い喫茶店で、今日知り合ったおじいさんと一緒にコーヒーを飲んでいることは、まるで現実味がないことだった。午前中に映画を観たときから、こうなる運命だったのだろうか、と考える。

「今日は映画を観たんです」

あたしは言った。おじいさんは何も言わなかったけれど、けっして驚いたり、話を不快に思っていそうな様子はなかったので、あたしは続けた。

「映画を劇場で観たのなんて、すごく久しぶりで。もともと、観ようって決めてたんじゃなくて、歩いてたら劇場の前を通りかかって、それで入ってみたんです。狭かったです。お客さんはほとんど女の人でした。あ、でも、一人だけ男の人がいました。女の人の彼氏っぽい感じだったんですけど」

あたしはなんでこんな話をしているんだろうな、とどこかで思っていた。ただあたしは話し続けた。そうしなきゃいけないみたいに。

「内容は、おもしろいってこともなかったし、つまんないっていうほどでもなかったです。普通。女優、あ、主役は女の人で、結構綺麗だったけど、多分今どこかですれちがっても、気づかないと思います」

話の途中から、おじいさんは、ソファに完全にもたれかかるようにして、目を閉じていた。眠ってはいないようで、あたしが言葉を止めると頷いた。聞いているらしい。

「映画の最初、海岸から始まるんですけど、女の人が男の人に聞くんです。二人で、散歩してて。今、一番行きたい場所ってどこ、って。男の人が答える前に、シーンが変わっちゃって、別にその言葉はストーリーには関係ないんですけど、ちょっと考えちゃいました。あの、今、一番行きたい場所ってどこですか」

目を閉じたままで、おじいさんは、行きたい場所か、とつぶやいた。今までよりも優しい口調に感じた。

「トルコ……。トルコに行きたいですね」

「トルコ?」

予想外の答えを、驚きながら繰り返した。トルコです、とまた言って、おじいさんは目を開いた。姿勢を立て直し、コーヒーを口にしてから、あたしをじっと見つめた。

「妻がね、行きたがっていたんです。宮殿《きゅうでん》を見たいって」

トルコに宮殿があることもよく知らないけれど、それよりも言い方がひっかかった。奥さんは、もう死んでしまったのだろうか。直接訊ねることは、さすがにためらわれる。

「ただ僕は、海外はあんまり好きになれなくてね。行ったところで、結局は家がいいって思うんでしょうね」

おじいさんは笑った。あたしじゃない、別の誰かに笑いかけるみたいだった。彼が楽しそうに話してくれることで、あたしは少し嬉しくなっていた。

「僕も若いときは、映画をよく観ました。最近のものはもう全然わからないですけどね」

「映画、好きなんですか」

「好きでしたね。まあ、することも他になかったんでしょうね」

あたしたちはそれから少し黙った。黙っていても、音楽が流れつづけていたこともあって、あんまり気にならなかった。ミルクコーヒーは、飲みつづけるうちに、もっとおいしく感じられた。

曲が切り替わるのと同じタイミングで、おじいさんが言った。

「じじいの言うことだと思って聞き流してくれてもいいですが」

あたしはちょっと笑いそうになった。言い方がおもしろかったし、意外だったから。けれど笑わずに続きを待った。

「若さっていうのは、すごいもんです。今は若いからわからないでしょうけど、本当にすごいもんなんです。若いときにしか得られないものっていうのは、絶対にあるんですよ」

言い終えると、おじいさんはまた、ソファにもたれかかって、目を閉じた。あたしの答えは待っていないようだった。

あたしも一瞬、そっと目を閉じてみた。

結局、喫茶店の会計も、おじいさんがまとめて済ませた。あたしは何度も、すみません、ありがとうございます、と言った。あなたはいい子ですね、と彼は言った。そんなことを言われたのは、初めてな気がした。

外はまだ明るくて、あたしはまたしても、そのことが不思議に思えた。たいして時間が経っていなかったことに、携帯電話を見て気づく。まだ時刻は二時半だった。

「話し相手になってくれてありがとう。楽しかったです」

おじいさんは片手をあげて、喫茶店に来たときのように、スタスタと歩き出した。曲がった背中に似合わない速度で。

「こちらこそ、ありがとうございました」

背中に向けて、大きめの声で言った。おじいさんはまた左手だけをあげて返事をしてくれた。ずいぶんクールで、あっけない別れ方に、少し戸惑ったけれど、逆にまた会えそうな気がした。

《ねえ、今、一番行きたい場所ってどこ?》

その答えを、あたしは見つけたわけじゃない。でもちょっとだけ自分が、別人になったような気がする。さっき、久しぶりに大きな声を出したことも関係しているかもしれなかった。家族以外の人とこんなに話したのは、いつぶりだろう。勝手な想像だけど、おじいさんも、普段はそんなに人と話していないんじゃないかと思った。

携帯電話を開いて、怒りのぶどう、とメモした。作者名は早くも忘れてしまっていたけれど。

それから、メール作成画面を起動させた。宛先は、おとといメールをくれた友だちだ。

《学校終わったら、カラオケ行かない?》

送信ボタンを押してから、とりあえず駅前に向かうことにした。駅前がどっちなのかわからない。多分こっちの方角だろう。大丈夫、とあたしは思う。

歩き出してすぐに、今いた喫茶店が消えてたりしたらおもしろいし、なんかありえそう、と思って、振り返ってみた。だけど出てきたときと何も変わらず、古びた店構えがそこにあった。

来月の試験前に、一度くらい、学校に行っておこうかなと思った。図書室で、怒りのぶどうを探すためにも。あと、トルコの宮殿の写真を見てみるのもいいかも。おじいさんの代わりに。いや、本当は、代わりとかじゃなくて、単にあたしが見てみたいから。宮殿ってどのくらい大きいんだろう。そしてどのくらい綺麗なんだろう。

でも多分、一度学校に行ってみたら、またしばらくさぼりたくなるんだろうな。

おじいさんは、若さについて何度も言っていた。

若さがすごいものだとも、若いときにしか得られないものがあるとも、今のあたしには思えない。この先の人生、いつかどこかで、そう思うことがあるのかどうかも、全然わからない。

でもそれを言ったおじいさんに、あたしはごちそうになってしまった。だからそのトロトロのオムライスと温かなミルクコーヒーの分くらいは、あたしは学校に行かなきゃならないのかもしれない。

おじいさんの話を友だちにしたら、どんな顔をするだろうな、と考えたら少しだけ愉快な気持ちになる。多分、話すことはないだろうけど。

ぶるるるる、とポケットに入れた携帯電話が震えた。さっきの返信だろう。あたしはちょっとドキドキしている。

今はまだいろんな途中　わからないものを抱えて歩いていこう

#2 個人じゃない自分

《部屋で、女二人がローテーブルを挟んで、クッションに座った状態で向き合っている。二人は友人関係らしい。

一人はうつむいて泣いている。もう一人は困った顔をしながら、少しわざとらしいほどのため息をつき、ゆっくりと口を開く。

「むしろよかったじゃない」

言われたほうは答えない。手元にあるティッシュを引き寄せ、ぐずぐずいっている鼻をかむ。それを見つめるもう一人が、またもため息をまじえながら、さらに続ける。

「あんな男の人といたって、不幸になる一方なんだから」

泣いている女は、もう一度鼻をかみ、いきなり勢いよく顔をあげる。もう一人の女が、その様子にびっくりして言う。

「どうしたのよ」

涙ぐんでいる女が、意を決したように、一気に言葉を発する。

「わたしはずっと幸せだったよ。あれが幸せじゃないっていうなら、わたしには幸せなんてわかんないし、欲しくない」

二人とも黙ったままで見つめ合う。台所から、やかんの湯がわいたことを知らせる音がする》

わたしがこの映画館に入ったのは、今さっき降って湧《わ》いた、ありがたくもなんともない空き時間をつぶすためだった。映画がつまらなくて眠ってしまったとしても、それはそれでいい、というかむしろ、眠れるほうが好都合だった。ここ最近は残業続きで、疲れが抜けている感覚がない。体がどこか重たい。

何度か通りかかったことがあったので、ここに小さな映画館があることは知っていた。けれど実際に入ったのは初めてのことだ。

出ている看板で、上映されているものを確認すると、どうやら恋愛映画のようだった。《かすかな光、ゆるやかな再生／きっと何度でも生まれることができる》とコピーが付けられている。ポスターの下部にはさらに、レディースデー一〇〇円、と印刷された紙が貼られていた。たまたまなのにラッキーだ。

もっとも、今日がレディースデーではなくても、あるいは上映されているのがホラー映画であっても、どこか別の場所に行こうとは思わなかった。心配だったのは上映時間の点だけだ。開始まではあと三十分ほどあった。

建物の中は、入り口から予想できたことではあるけれど、やはりこぢんまりとしていた。短い廊下とロビーをつなぐ部分で、チケットはお持ちでしょうか、とカウンターの中に座っている女性に話しかけられる。あまり化粧をしていない、黒い髪をハーフアップにしている、おとなしそうな人だ。映画が好きそうだな、と思った。この人はわたしよりも年上だろうか年下だろうか。

あの、この映画って時間はどのくらいでしょうか、と訊ねた。腕時計を確認した女性が、今からですと三十分ほどありますね、と答える。どうやら勘違《かんちが》いさせてしまったらしい。

「いえ、そうじゃなくて、映画の長さです」

「大変失礼いたしました。少々お待ちください」

女性は手元にあった紙を確認しながら、百四分となっております、と教えてくれた。さらに、申し訳なさそうに、ただ予告編などがありますため、実際はもう少し長くなりますが、と言い足す。

言われた時間を、頭の中で計算する。大丈夫、間に合う。ちょうどいいくらいだ。

「じゃあ、大人一枚で」

「はい、ありがとうございます。本日レディースデーのため、女性は千円となっております。千円、ちょうどいただきます」

どうも、とチケットを受け取った。ロビーというには少し狭いようにも思えるスペースには、自動販売機や椅子があり、壁沿いに設置された棚には、いくつかのチラシが置かれている。壁に貼られたサインもあるけれど、どれも少し古いようだった。

自動販売機で、紙コップに入ったタイプのコーヒーを買った。飲みながら、どんなチラシがあるのかと棚を見てみる。写真展や、美術展。映画に関するものよりも、どちらかというと個展のようなものが多い感じだった。アクセサリー展のポストカードを一旦手に取り、表と裏を確認すると、また棚に戻した。

「よろしければ、もう中に入っていただいても大丈夫ですので」

後ろから声をかけられる。振り返ると、カウンターの女性がこちらを向いていた。会釈《えしゃく》で返事をする。彼女が座っている場所は、受付だけでなく、販売の窓口も兼ねていて、わりとゆったりとしたスペースがとられている。普段はもう一人くらいいるのだろうか。

手持ち無沙汰なことを悟《さと》られてしまったようで、少し恥ずかしくもあった。言われるまま、重たい扉を開けて、中へと入る。

想像以上に狭い劇場内には、誰もいなかった。混んでいるとは思わなかったが、一人きりというのも予想外だった。見えていないだけかと、スクリーンに近づく階段を下りながらも確認してみたけれど、やはりわたしだけだ。十数列しかない座席のうち、真ん中あたりの列、スクリーンに向かって少し右に座った。足元に置こうか迷ったけれど、持ち歩いているキャメルの革のバッグは、結局隣の座席に置いた。薄いベージュのトレンチコートも一緒に。この様子ではまさか満席になることはないだろう。

打ち合わせ時刻の変更について、会社に伝えるつもりはなかった。必要ないだろう。いちいち律儀《りちぎ》に連絡する社員は少ない。

後ろの扉が開く音がして、さらに話し声が聞こえた。振り向くと、女性の二人組だった。向こうもこちらを見たために目が合い、慌てて顔を前に戻す。

話し声はけっして大きなものではないのだけれど、どうしても耳に入ってしまう。

「どうしようか、前と後ろ、どっちのほうが観やすいかな。やっぱり真ん中あたりがいいよね」

「どこでもいいよ」

「いつもはどこで観てるの？」

「うーん、適当」

「なんか、思ったよりも狭いね。座りやすいといいんだけど」

結局二人は、わたしの二列ほど後ろ、真ん中部分に座った。

「そこ、観やすいかな。大丈夫？　今日はほんとにごめんね、付き合わせちゃって。ありがとう」

「ううん」

二人の話題は、それから共通の友人のことにうつっていった。片方ばかりがしきりにしゃべっていて、気を遣っているようだった。なんにせよ、わたしにはまったく関係のないことだ。

片手に持ったコーヒーをこぼさないように気をつけながら、バッグから、今日デザイン会社に持って行く予定の書類を取り出し、目を通した。もう何度も確認しているが、やはり不安だった。以前、つまらない誤字があったときに、デザインだったらこうはいかないんですよね、細部にまでこだわって突き詰める必要があるので、と皮肉《ひにく》を言われてしまった。誤字がないことを改めて確かめると、バッグに戻す。バッグに付けているシルバーのチャームは、当然自社のものだ。クローバーと鍵の二種類。

すみません、ほんっとうに申し訳ないんですけれど、と電話で伝えてくる声が、なんだか楽しそうにさえ思えたのは、わたしが担当者を苦手に思いすぎているせいだろうか。いつも彼は明るい声でハキハキと話す。自分の言っていることは、何も間違っていませんよ、と知らせるような明るさ。

朝一の打ち合わせが、お昼になったことに、文句の一つも言いたかったけれど、もちろんそうする勇気はなかった。細かな誤字よりも、よっぽど大きな問題だけれど、多分あんなふうに言ったことすら、担当者は憶《おぼ》えていないだろうという気がする。

働き出して、五年以上が経つ。当日になって打ち合わせの時刻をずらされることも、皮肉を言われてしまうことも、初めてのことであるはずがないし、些細《ささい》な問題だとわかっているのに、考えれば考えるほど膨張《ぼうちょう》していく気がする。水にたらした墨汁《ぼくじゅう》みたいに、ゆっくりと広がり、気持ちを黒く染めていく。

今日の打ち合わせに関しての話も、向こうの厚意から出たものなのだ、大丈夫、厚意だ、とわたしは自分に言い聞かせる。

今わたしが担当しているのは、ヨーロッパにおいて幸運のモチーフとされるものを扱ったチャームだ。キーリングにしたり、ストラップにしたりする程度ではあるけれど、自分でアレンジすることもできる手軽さもあってか、社の製品の中でも売れ筋だ。

もともとは、猫、クローバー、鍵、ブタ、スプーンの五種類だったのだけれど、今回さらにラインナップを充実させるということになり、デザイン会社に、ホースシュー、キノコ、象、の三種類を追加したいと相談したところ、ヨーロッパのモチーフということであれば、ハサミを加えてもいいのではないかと、簡単なデザインとともに提案があった。わたしもヨーロッパのモチーフについて調べていたときに知ったことだけれど、ハサミには、未来を切り開く、という意味があるのだ。

未来を切り開く……。今の自分の状況から、かけ離れたもののように感じられる。

ハサミは社内会議の結果、反対意見が多数となった。そのことを、既にメールでも伝えているけれど、改めて直接話さなければいけない。気が重い。このまま打ち合わせをすっぽかしてしまいたいくらいだ。

コーヒーを飲み干して空っぽになった紙コップを、バッグを置いている座席の下に置く。ここの椅子は、古そうだけれど、わりと座り心地がいい。背もたれに体重を預《あず》けて、目を閉じてみる。後ろの二人はまだしゃべっている。このまま眠れるだろうか。


映画館は睡眠をとるのにちょうどいいような気がしたけれど、眠りたいと思っていると、意外とそうできないものらしい。大きな音声。閉じたまぶたからも伝わってくる光。途中からは眠ることをあきらめた。体は映画館に入る前よりも重くなってしまった気がする。

映画は、つまらなかった。安っぽいセリフばかりで、ストーリーも陳腐《ちんぷ》だった。映画を観るのは久しぶりだし、詳しいわけでもないけれど、いくつも不満点をあげられそうだった。

指定の時刻には、まだ少し早かった。いつもよりもゆっくりと歩き、途中、商業ビルの中に入っている若い子向けのアクセサリーショップに立ち寄った。平日の昼ということで、さすがにお客さんは全然いない。退屈そうな店員同士が立ち話していた。

結局、五分ほど早く、デザイン会社が入っているマンションに到着した。オートロックとなっている入り口でインターホンを押し、こちらの社名と名前を告げた。インターホンの向こうから、どうぞ、という声が聞こえ、自動ドアが開く。エレベーターに乗り込み、七階に向かった。担当者が既にドアの前に出てきていた。

白木のテーブルに向かい合う形で座る。仕切りがない、他の社員の仕事風景が丸見えの状態での打ち合わせは、もう数回目なのに落ち着かない。お茶を持ってきてくれた女性にお礼を言い、バッグからファイルを取り出した。さっそくなのですが、と担当者に書類を手渡した。自分の前にも、同じものを置く。

一瞬ではあっても、目の前で自分が作成した書類を読まれることは緊張する。相手が書類を置いたところで、話を切り出した。緊張が強くなる。

「それで、メールやお電話でも既に説明させていただいたことではあるのですが、今回はやはり、ハサミは見送ろうかと思うんです。サンプルのデザインは大変素晴らしかったのですが、お話ししたとおり、イメージ的に」

言い終える前に、口を挟まれた。

「確かに日本でのハサミのイメージと、ヨーロッパのものが違うっていうのはそのとおりなんですけど、じゃあ今回の、ヨーロッパのモチーフっていう、根本のコンセプト、これが曖昧《あいまい》にされてしまうというか、そっちのけにされるのは、どうなんだろうって僕は思うんだけどねえ」

おっしゃる通りなのですが、とけっして強く響く口調にならないように気をつけながら、わたしは言う。

「ただ、社内リサーチなども行ったところ、やはりもともとのイメージである、危険だとか、切れるっていう意味が、どうしても拭《ぬぐ》えないのではないかという結論になったんです」

「社内リサーチ、ですか」

担当者の言い方には含みがあった。何を言われてしまうのだろう、と思いながら、首肯《しゅこう》する。

「社内じゃなくて、下田《しもだ》さんのご意見をうかがいたいんですけど」

予想外の質問だった。そんなことを聞かれるなんて、思ってもいなかった。わたし個人の、ですか、と言うと、強く頷かれた。

「いただいたデザインのラフは、既存の商品のイメージを大事にしてくださっていて、本当に素晴らしいと思いますし」

探りながら、言葉をつないでいく。

目を伏せると、書類の言葉が飛び込んでくる。商品に付けられたコピー部分だ。【幸運をもたらす】、【見ることでも、身につけることでも、幸せを】……。

わたしの意見って、どこにあるんだろう。

わたしは、どのくらいこの商品を気に入っていて、欲しいと思っているんだろう。バッグに付けているチャームを、どのくらい可愛いと思っているんだろう。

送られてきたデザインを、わたしはどう思ったんだろう。

黙ってしまったわたしに、担当者が言う。

「僕は、個人対個人として仕事がしたいと思っているんですけど、うちのような、自由にやっている会社とは、やっぱり理屈も違うでしょうしね。そもそも、企画というのは、こちらの範疇《はんちゅう》ではないのだろうし」

謙遜《けんそん》に見せかけた皮肉だとすぐにわかった。いやだという気持ちにもならなかった。いえ、とわたしは言った。

「デザインなんて一瞬でできるとでも思われてるのかもしれないですけど、こっちは機械じゃないんでね。ハサミのデザインも、それなりに時間やエネルギーをかけたわけだし。そっちにしたら、頼んでないんだから、って感じですかね」

否定するしかない言葉が続いていく。とんでもないです、とわたしは言った。小さな声だった。

「何かあったらすぐに、社内が、とか、会社が、ですか」

わたしは彼と目を合わせることができなかった。

担当者が着ているシャツの柄が目に入る。襟《えり》だけがボーダーになっていて、他の部分はストライプだ。十本に一本くらいの割合で、色が変えられている。独身らしいし、きっとこの服は自分で選んだものだろう。自信を持って。下部のみにシルバーフレームがある眼鏡も、落ち着いた色のジーンズも。持ち合わせた自由さとセンスで、この人は何でも選んでいけるのだろう。自分の意見がわからないなんて、ありえないことなのだ。

たとえば、入社したての頃のわたしだったら、この場で何か言い返していただろうか。そんな言い方ないんじゃないですか、とか、社内の意見でもあるしわたしの意見でもあるんです、とか。

あるいは相手と目を合わせていただろうか。唇を結んで、言語化されない意見を伝えようとしていただろうか。

いつから、わたしはこうなったんだろう。

「モチーフのご提案は、とてもありがたかったですし、ぜひ今後もいろいろおっしゃっていただきたいです」

口から出る言葉は、嘘じゃないのに、嘘みたいに響いてしまう。作業をしている社員のうちの一人が、こちらの様子を気にしているのがわかった。話の内容は聞こえているだろう。もめているように思われたかもしれない。それが気になった。

チェーン店であるカフェは、予想外ににぎわっていた。店内にいるのは、いずれも女の人たちで、ほとんどが主婦だろう。もしかしたら、わたしより年下の人もいるのかもしれない。同性の年齢が気になるようになってきたのは、最近になってからのことだ。

その後、わたしが落ち込んでいると思ったのか、あるいは言いたいことを言ったからなのか、担当者はいつもよりも明るく楽しそうに話を進め、結局こっちの当初の提案どおり、追加モチーフは三種類ということで話がまとまった。

会社にすんなりと戻る気になれず、お昼をとる気にもなれずにいる。もう少ししたら立ち上がろう、と思っているけれど、今日二杯目のコーヒーは、なかなか量が減らない。

会社員であることを、恥じているわけでも、卑屈に思っているわけでもない。だいたい、担当者だって会社に属する人間なのだ。ただ、自分の意見を聞かれて、驚き、戸惑ってしまったことや、自分自身の意見と会社の意見に線が引けずにいる自分に気づかされたことを、うまく受け止めきれずにいるのだ。

昔のわたしのほうが、やりたいことに満ちていた。実現したい企画、好きなもの、世に送り出したいもの。たとえ何かと衝突《しょうとつ》したり、何かを失うことになったとしても、得たいものがはっきりしているから怖くなかった。多少のリスクは付きものだとすら思っていた。

いまや、わたしはリスクを恐れてばかりいる。大人になったとか、丸くなったのだというと聞こえはいいけれど、そうじゃないことを実感している。だからこそ、あんなふうに言われて、ひどく動揺《どうよう》してしまっているのだ。選べないわたしを、まざまざと見せつけられてしまったようで。

「いいわねー、うちは最近、映画なんてまったく。DVD借りてきても、結局観ないで返しちゃったりしてるわよ」

もったいなーい、という相槌《あいづち》と派手な笑い声。一つ挟んだテーブルで話している二人の中年女性の会話を、それまでは気にしていなかったのに、そこだけがなぜか、はっきりと聞こえてきた。

つまらない映画を観終えてから、まだ一時間半も経っていないというのに、もう数日前のことのように遠い出来事となっていた。

映画について思い出そうとすると、失恋した主人公が、わたしは幸せだったよ、と言い切るシーンが、一番最初に浮かんできた。細かなセリフは違うかもしれないけれど、その後でさらに、あれが幸せじゃないのなら幸せなんてわからない、ということも言っていた。

今のわたしには、幸せと言い切ることも、幸せじゃないと言い切ることもできない。そんなこと、考えても気にしてもいなかった。

一緒にいて幸せと言い切れるほど好きな相手がいるだけで、確かに幸せなのかもしれないと思う。たとえ、その人が浮気をしていようが、借金をしていようが。

そういえば、あのときもわたしは自分の意見がわからなかった。

もう二年が経つ。三年付き合っていた恋人の転勤が決まって、結婚の話が浮かび上がってから。

彼のことは好きだと思っていたし、結婚もいつかはと思っていたけれど、予想よりもずっと早い決断を迫られて、わたしは揺れた。今すぐに仕事を辞めることも、今すぐに恋人と別れることも、同じくらい困難で、選べないことだった。結婚する自分も、結婚しない自分も、想像できずにいた。

最終的には、選べないことが、答えになってしまった。彼がわたしの態度を、プロポーズに対するNOだと判断し、わたしはそれも強く否定することができずに、ただ決められずにいた。彼は今も、金沢で働いているのだろうか。わたしが一度も行ったことのない、今も行く予定がない金沢に。

彼と別れたとき、わたしは泣かなかった。ちょうど仕事が立て込んでいて、やらなければいけないことや、人に会う必要がたくさんあった。翌日に目が腫《は》れてしまっては困るという理由が、泣きたい気持ちよりも強かった。仕事が落ち着いた頃には、気持ちは薄れていた。目の前の仕事が、好きかどうかも、わたしにはちっともわかっていなかった。ただそこにあったものを処理していっただけだ。

あれから恋愛らしい恋愛はしていない。彼に未練があるわけではないけれど、あの頃よりも確実に、知らない場所に踏み出すことを恐れるようになっている。いいことが起きないことよりも、悪いことが起きてしまうことを怖がっている。わたしにとって未来は、切り開くものじゃなくて、単に目の前に差し出されるものとなっている。

いったい、自分はどうなっていきたいんだろう。わたしと、失恋して号泣していた映画の主人公では、どちらが幸せなのだろう。

答えなんてないとわかりきった質問ばかりが、さっきから胸をよぎっては、棚の上の埃《ほこり》みたいに薄く積もる。すっと拭《ふ》いてしまえれば楽なのに、うまく頭を切り替えられない。

小さくため息をついた。映画に出てきた主人公の友人のような、大きなため息とは似ても似つかないものを。

会社に戻ってから最初にしたのは、パソコンを立ち上げることだ。古いせいで起動にやたらと時間がかかる画面を、黙って見つめている時間ももったいないので、手帳で今後のスケジュールを確認する。仕事に関するものばかりで、個人的な予定はほとんど書かれていないカレンダーを、寂しいとも、誇りだとも思わない。わたしは自分が中途半端な場所に立っているのを感じている。

「あそこのデザイン事務所行ってきたの?」

話しかけられて顔をあげると、普段は少し離れた席に座っている先輩が横に立っていた。わたしは少し怪訝《けげん》に思いながらも頷く。

「幸運のチャームのでしょ? よく続いてるね。デザイナー、替わるんじゃないかと思ったのに」

「え、でも、デザインは好評ですよ」

「デザインはねー。でも、あそこの会社の窓口、今までずっとトラブル起こしてきてるよ。皮肉言うし、関係ないことでケチつけてくるし。っていうか、わたしも前に衝突してるんだけど」

笑いながら言う先輩に、え、とわたしは言った。驚いたからだ。そんなこと知らなかった。けれど、思い返すと納得する要素がいくつもある。デザインはここかあ、とプロジェクトに関係のない上司が、書類を見ながら何か言いたげにしていたこともあった。

「一回でも、ちょっとでも言い返したら、もうだめな感じなんだよね。ちゃんと付き合えてるなんてすごいね。多分社内でも唯一なんじゃない？　下田さんが最長記録だよ」

「最長記録ですか？　そんなに？」

「多分そうだよ。一回目の打ち合わせでだめになった人の話も聞いたことあるくらいだし。社長に言ったら金一封とか出るかもよ」

「じゃあ言ってみます」

「うんうん、言ってみなよー。邪魔してごめんね」

笑いながら自分の席に戻っていく先輩の背中を見ながら、ちょっと泣きそうになっている自分がいた。金一封は出ないと知っているけれど、それよりももっといいものをもらえた気がした。

わかってくれる人がいてよかった。

先輩の発言に、そんなに深い意味はないと知っていた。何の気なしに話しただけのことだと。それでも、充分だった。

自分のどこか一部分が、するすると柔らかくほどけた気がした。

あまりにもささやかで、見失ってしまいそうなほどであっても、わたしがここにいる理由はちゃんとあるのだと思った。切り開いていくものじゃなくても、誰かに強く言い切れるほどのものじゃなくても、進んでもいい道は続いている。幸せが何なのかわからないわたしにも、ちゃんと道は続いているんだ。

ささやかなカケラを集めて生きている　強く確信できなくっても

#3 ゴールじゃない結婚

《アップになったコーヒーカップには、コーヒーが入っている。そこにたらされるミルク。白い線が、スプーンでかき混ぜることで白いうずに変化していき、やがてコーヒーと白いうずの境目はなくなっていく。

コーヒーカップのアップ画面は変わらないまま、中の液体の色が完全に変わる。女の独白。

「当たり前だと思っていたものなんて、たやすく揺らいでしまう。別れは音も立てずにやってきて、生活の中に混ざりこんでいった。悲しみだけを取り出すことなんて誰にもできない。あなたと過ごした記憶だけを取り出すことだって、もちろん絶対にできない。絶対に。誰にも」》

わたしがこの映画館にやって来たのは、近所のカフェでこの映画の宣伝ハガキを見たからだった。《かすかな光、ゆるやかな再生／きっと何度でも生まれることができる》。そのコピーに心惹かれた。この映画を絶対に観よう、と決めた。どうしてそんなふうに思ったのかはよくわからないまま。映画なんて、しばらく観ていない。

最初は夫と来ようと思っていた。家で食事をとっているときに話を切り出し、もらってきた宣伝ハガキを見せると、興味のない、それどころかうっすらと嫌悪すら滲《にじ》ませた返答をされた。

「そんな映画が観たいの？」

観たいの、と言い切れる自信も力強さも、今のわたしにはない。ううん、なんとなく気になっただけ、と言って、その話はそこで終わった。

結婚する前の夫と、結婚してからの夫は、別人なのではないだろうかと思うときがある。あるいは、彼にまつわるわたしの結婚前の記憶というのは、実はまったく違う誰かの記憶で、それを自分のものと錯覚《さっかく》しているだけなのではないか、と。

わたしの話すことに、うんうん、と明るく頷き、相槌を挟み、好きだよ、としょっちゅう言ってくれていた彼は、もしかしたら初めから存在していなかったんじゃないだろうか。

結婚生活というのは、幸せとイコールなのだと、結婚前のわたしは信じきっていた。白雪姫もシンデレラも、王子様と結ばれるところで話は終わる。そのまま、幸せなまま、物語は続いていくのだということを疑ってもみなかった。今、わたしが送る結婚生活は、以前思い描いていたものとは、明らかに違う。

彼が時々、わたしを見下すような態度をとることに、彼は気づいているのだろうか。わたしの言うことはつまらない。わたしの意見は凡庸《ぼんよう》。わたしの興味は陳腐。わたしの感情は安っぽい。はっきりと言われたわけじゃない。直接訊ねてみたなら、そんなこと思ってもいないと否定するだろう。

あるいは、わたしだけが、変わってしまったんだろうか。自分でも気づかないところで。

ともあれ、一緒に映画を観に行く人の選択肢の中から、夫があっというまに消えてしまい、わたしはしばらく悩んだ。

大学時代の友人、会社員時代の友人。

一年半前の自分の結婚式で会ったっきりという子が多いことに、携帯電話のメモリを見ながら気づいた。遊びに行くね、また飲み会しようね、と交わされた約束は、宙に浮いたままどこかに飛んでいってしまった。

唐突に映画に行こうと誘うことをシミュレーションして、不自然にならない関係の友人というのは、実に少ないのだということを知った。

しかも夫の帰宅時間を考えると、外出は平日の昼にしておきたい。その条件が高いハードルをさらに上げていた。

繰り返し携帯電話のメモリを見つめ、ようやく誘う相手を見つけた。高校時代の同級生である、朱里《あかり》だ。仲の良さよりも、結婚式の後に一度飲み会で会っていることよりも、彼女の現状が誘いやすさにつながった。専門学校を卒業して以来、ずっとフリーターであること。そして、映画が好きで、よく観に行っているということ。平日のお昼に映画を観に行こうと誘っても、朱里相手なら、さほど不自然ではないだろう。

宣伝ハガキからわかるだけの情報や、平日に付き合わせてしまうことになるお詫《わ》び、おもしろいかは全然わからないからもしいやだったら断ってくれて構わない、といった内容をしつこいくらい丁寧に書いたメールには、すぐに返信が届いた。必要な内容のみを書いた、あっさりとした感触のメール。

《いいよ。その映画館なら、水曜がレディースデーで安くなるよ。ちょうど次の水曜は仕事休みです》

わたしは安堵《あんど》した。一人で映画を観に行くことも考えていたけれど、平日の昼に一人で映画館にいるなんて、なんだかすごく寂しい女だと思われそうだし、どことなく怖さもあった。午前中の回を観に行き、その後で一緒にお昼ごはんを食べる約束をした。

約束のことを、夫には言わなかった。言わなくてもバレるわけではない。夫に内緒で外出する自由が、わたしにもまだあるのだと、確認したい気持ちもあった。たいした金額にはならないけれど、お金はあえて、家計から余った分ではなく、独身時代からの自分の貯金を使うことにした。

三日前には、美容室に出かけた。二ヶ月半に一度来る、いつもの美容室で、いつもどおりの肩までのカット。ゆるやかなパーマ。それでも、いつもと違う思いがそこにはあった。美容師さんに対しても、普段より饒舌《じょうぜつ》だったと思う。

朝の光景は、昨日と丸ごと入れ替えたとしても、見分けのつかないものだった。夫に朝食を作り、お弁当を持たせて送り出した。特別な光景になったのは、それからだ。わたしは慌てて準備をした。服装を何も考えていなかったことを多少後悔もした。洋服を選ぶことが、やけに難しく感じられた。けっして派手でも華やかすぎでもないけれど《幸せな奥さん》に見える格好をしたかった。一度着た服を脱いでまた着たりする、混乱した状態も繰り返しながら、結局、少しだけラメが入った薄いグリーンの半袖セーターとカーディガンのアンサンブル、裾に小花柄が入った白いスカートにした。寒くなるといけないので、一応ベージュのジャケットも持参した。

待ち合わせ場所の駅前に現れた朱里は、驚くほどラフな格好だった。グレーのパーカ、プリントが入った長袖Tシャツ、ジーンズ。足元はスニーカー。化粧もあまりしておらず、大学生とか、へたしたら高校生といっても通用しそうだった。昔からそんなに気合を入れた格好をするタイプではなかったけれど、前よりもさらに気が抜けた様子に見える。

久しぶりだね、と言い合って、映画館に向かう。最初にお礼を言った。

「よかった。今日、付き合ってもらえて。ありがとう。一人で行くのって、なんだか怖かったし」

「そうなんだ。わたしはいつも一人で行くけどな」

「へー。行動力があるんだね」

歩みを止めずに話しつづけながら、お互いの服装のバランスが取れていないようで、ちょっと心配になった。外出ということでものすごく張り切っていると思われても恥ずかしい。

「わたしもジーンズにすればよかったかな。風、冷たいね」

探るようにそう言うと、朱里は、映画館に着けば平気じゃない、と興味なさそうに、わたしのほうを見ることもなく言った。

久しぶりに会った友人と、どんな話をすればいいのかわからない。今どんなバイトをしているかという質問や、わたしの結婚生活についてや、最近観た映画についてなど、朱里が興味を抱きそうな話題を振ってみるものの、気のない返事ばかり聞かされて、わたしの中に焦《あせ》りが生まれる。

映画館は想像よりも小さく、地味だった。映画のポスターが出ているけれど、意識しなければ映画館だと気づかない。マクドナルドの隣にあった。ポスターの下には、朱里が言っていたとおり、レディースデー一〇〇〇円、と書かれた紙が貼られている。

チケット代はわたしが払った。誘いを受けてもらったときから、そうしようと決めていた。朱里は、いいよ払うよ、と一度は言ったものの、存外あっさりと、じゃあありがとう、とカウンターの前のスペースをわたしに譲《ゆず》った。

狭いロビーには自動販売機や、壁に貼られたサイン、チラシなどがあった。朱里がチラシに目をやる。わたしも一緒に見たものの、さして興味を惹かれるようなものはなかった。映画よりも写真展などが多いみたいだ。朱里は何枚かのチラシを手にとっていく。

「飲み物は買う?」

「ううん、特にいいかな」

買おうかなと思っていたけれど、自分だけ買うのもなんとなくためらわれて、わたしはそのまま場内に続く扉を開いた。

場内には人がいた。予想外だったので、少々驚いた。なんとなく、他のお客さんはいないものと思いこんでいた。

真ん中あたりに一人で座っていた女性がこちらを見ていて、目が合った。慌ててそらす。向こうもすぐに前を向いた。

少し声をひそめて朱里に話しかけた。

「どうしようか、前と後ろ、どっちのほうが観やすいかな。やっぱり真ん中あたりがいいよね」

「どこでもいいよ」

「いつもはどこで観てるの？」

「うーん、適当」

むしろ決めてくれればいいのにな、と思いながらも、わたしは女性がいる席の、二列ほど後ろに座ることにした。普通の映画館よりも、座席の間隔が狭い気がする。それとも、単にわたしが映画館に来るのが久しぶりなせいだろうか。こんなものなのかもしれない。

「なんか、思ったよりも狭いね。座りやすいといいんだけど」

朱里は、ううん、と短く返事をした。

「そこ、観やすいかな。大丈夫？　今日はほんとにごめんね、付き合わせちゃって。ありがとう」

「ううん」

さっきよりも、若干強い調子の、ううん、だった。

席についてしまうと、ますます手持ち無沙汰だ。わたしは次の話題を探った。

一人の友人のことが思い浮かぶ。高校の同級生だ。

「そういえば、さっこは元気？　会ったりしてる？」

「あー、こないだ会ったよ。相変わらず」

話題があってよかった、と思った。朱里とさっこは、昔から仲が良かった。多分高校時代のグループの中で、この二人が一番頻繁に会っているはずだ。

「さっこって、仕事は変わってないんだよね？」

「うん、ずっと信金にいるよ」

「そっかー、窓口って、神経遣いそうだよね。クレームとかもわりとありそうだし」

「うーん、そんなに仕事の話は聞かないけど」

「いつも二人で会ったときって、どういう話してるの？」

「普通だよ。読んだ漫画の話とか」

それは普通というのだろうか、と疑問に思ったけれど、そっか、と答えて、また沈黙を埋めるための質問や会話を続けた。

そろそろ始まりそうだな、と思った頃に、後ろの扉が開き、見ると、カップルが入ってくるところだった。後方の席に座るのを確認して、また視線を戻す。二人の話し声が聞こえた。

「もしかして、男って、おれだけじゃないの」

「そうかも。ごめんね」

確かに、男の人は他にはいないようだ。夫と来なくてよかったのかもしれない、と思った。きっと彼も、男が自分だけだということになれば、不満に思うし、文句を言うだろう。夫の不機嫌をわたしは恐れている。

映画館を出るときに、後ろのほうに一人で座っていた女の子の存在に気づいた。どう見ても未成年、高校生くらいだ。トートバッグと、通学用カバンらしきものを持っている。平日のこんな時間にどうしたのだろう、と思ったけど、朱里が気にする様子はなかったので、わたしも特に何か言うことはせず、黙って外に向かった。

映画は、おもしろかった。映像が綺麗だったし、ストーリーもわかりやすかった。時々心に残るようなセリフもあった。失恋をした苦しさや、そこから抜け出そうともがく気持ちは、わたしもかつて経験したことのあるものだった。

話したいことはいくつかあったけど、先に、朱里がどう思ったかを聞きたくて、訊ねてみた。

「映画、どうだった」

「んー、まあまあだったね。観やすかったし」

観やすかった、というのが、すんなりとしたほめ言葉なのかどうか判断できず、うん、と軽く相槌を打った。物足りなく思っているのではないだろうか。映画をよく観る人からすれば、そんなにおもしろいものではなかったのかもしれない。

ランチは近くのイタリアンでとることになった。高級ではない、むしろ安いお店だ。店内にいるのは全員が女性だった。出されたお水は思ったよりも冷えていた。

一番安いコースにした。本当は、もう一つ上の、デザートが付いたものに惹かれたが、朱里が迷うことなく、わたしＡコースにする、と言ったからだ。Ａコースには、パスタ一皿に加え、サラダとドリンクが付いてくる。

パスタは、わたしは小海老のトマトクリームソース、朱里はキャベツとアンチョビのペペロンチーノを選んだ。すぐに運ばれてきた、小さな透明のお皿に入ったサラダには、オレンジ色のドレッシングがかかっていた。

「主演女優、綺麗だったよね」

わたしは野菜の苦味を感じながら言った。主演女優は、見たことのない人だった。最後に流れたクレジットを見ても、やはり知らない名前だった。

「そうかなあ。結構素人《しろうと》っぽかったけど。演技もいまいちだし」

朱里の反応に、わたしは感想を間違えたと思った。慌てて、ごめん、そうだね、不自然なところも多かったかも、と言った。本当はそんなに思ってもいないことを。

サラダをあっという間に食べ終えてしまい、パスタが運ばれてくるまでの間、わたしは朱里の仕事について細かく訊ねた。さっき映画館に向かうまでの道のりで聞いた情報によると、彼女は今、居酒屋のバイトと、テレオペのバイトを掛け持ちしているという。

テレオペは、以前にも聞いたことがあったから、もう数年続いているはずだ。居酒屋は、働き出して二ヶ月くらいだという。家からすぐ近所にある、小さな常連ばかりの店で、たまにチップをもらえたりもすることなどを教えてくれた。店長も含めて、周囲はおじさんばかりだという。

「それって大変じゃない？　馴染《なじ》めるの？」

わたしの質問に、朱里は、余裕だよ、と言った。それから、居酒屋で最近起こったという出来事を楽しそうに話した。万馬券を当てたといって大はしゃぎしていたお客さんが、数日ほどで「飲み代で全部使ってしまった」と落ち込んでいたこと。セロリの浅漬けを作るつもりだった店長が、八百屋への電話注文時に、パセリとセロリを間違えて伝えてしまい、数日間あらゆるメニューにパセリを振りかけまくる羽目になったこと。

楽しそうな朱里の話を聞きながら、わたしは自分が楽しめていないことに気づいた。なんとなく、気持ちがカサカサしている。水分不足の冬の手の甲みたい。ひび割れて、血が滲んでしまう、みっともないカサカサ。

今の感情を名づけるなら、嫉妬《しっと》という言葉が一番近いだろうとすぐにわかった。ただ、どうして嫉妬しているというのか。なぜわたしが朱里に嫉妬しなければならないのか。

朱里には高校時代から、そうしたところがあった。クラスの中心にいるというわけでも、リーダータイプというわけでもないけれど、誰とでもうまく仲良くやっていくような感じ。保健室の先生と廊下で楽しげに談笑する朱里を見て、すごく驚いた記憶が、数年ぶりによみがえる。

パスタが運ばれてくる。小海老のトマトクリームソースのパスタの上には、バジルの葉っぱが、まさに飾りという感じでちょこんと置いてある。とりあえず置いておけばいいんでしょう、という感じ。お皿の端まで、少しだけソースが飛び散っている。

フォークとスプーンを使って、パスタを口に運ぶ。生パスタなどではない、普通のパスタだ。塩気が少し濃いように感じる。期待はしていなかったが、まずいとは言わないものの、おいしいものではなかった。

感想をそのまま口に出すことはしなかった。ここでいいんじゃない、とお店を通りかかったときに言ったのは朱里だし、パスタの味について文句を言うことは、彼女の判断を責めるようになってしまうと思ったからだ。

ところが、朱里は予想外のことを言った。小声になって。

「これ、いまいちかも。別のお店のほうがよかったかもね」

わたしは謝《あやま》った。考えたわけではなく、もはや反射だった。声のトーンは、朱里と同じくらい、抑え目にした。

「ごめん、ちゃんと調べておけばよかったね」

朱里はフォークを動かす手を止めて、わたしを見た。ちょっと驚いた顔をしていた。

「そんなつもりじゃないよ。そう言われると、わたしがここでいいって言ったのもすごく申し訳なくなる」

朱里は言い切り、目を伏せると、フォークだけを使って、またパスタを食べはじめる。失敗してしまった、と思った。明らかに良くないほうのレバーを引いてしまった。急いで謝った。

「そうだよね。ごめんなさい」

わたしの言葉に対し、彼女がまた口を開いた。

「なんか変わっちゃった感じがする」

え、とわたしは言った。朱里は今度は視線を上げなかったし、手も止めなかった。なのに、さっきよりも饒舌だった。フォークにおとなしく巻きついていくパスタ。彼女はわたしではなく、そのオイルでツヤツヤとしているパスタと話すようだった。

「謝られてばっかりだと、逆にどうしていいかわかんないんだけど。誘ってくれたときのメールからして、ごめんね、ごめんね、って繰り返してたし。あからさまに気遣ってるし。あとさ、会ったときに、一人で映画館行けないってこととか言ってたけど、それって、気にしすぎだと思う。自意識の問題じゃないかな。きつい言い方に聞こえちゃうかもしれないけど、全体的にそんな感じがする」

穏やかで柔らかな言い方ではあった。苛立《いらだ》ちなどを含んでいるものではない。さっきの映画の話をしているみたいだ、と思った。そして、あえてそういう言い方をしているのであろうこともわかった。

ごめん、と言いかけて、別の言葉を探した。わからない。見つからない。そうかなあ、とわたしも、さっきの映画の話をするような言い方で答えて、何もなかったようにパスタを食べつづける。かすかに手が震える。絶対にばれたくない、と思った。今ここで、わたしの手が震えている事実が、絶対に誰にもばれてほしくない。

もうパスタの味もわからない。わたしは、唇の端をちょっとだけ上げることに意識を集中させている。他の席の人に、お店の人に、なにより朱里に、何も思われずにすむように。傷ついているとかショックを受けているとか、そんなふうには見えないように。

「外出するの久しぶりだったし、どっかリズムが変になっちゃってるのかも。ほら、毎日家にいる生活だし」

わたしは明るく言った。ちょっと早口になったけど、不自然じゃなく言えたと思う。

「ごめん、わたしこそ、勝手に過敏になっちゃったかも」

朱里が言う。

謝らないで、と思った。謝らないで謝らないで。

今すぐに家に帰りたいと思った。ううん、とわたしは唇の角度を保ったまま首を横に振る。

パスタを食べ終えたわたしたちが、どういう話をしたのか、よく憶えていない。さっこのことや、夫のことなどを話したような気もする。けれどどの記憶の中の会話も、隣り合わせたテーブルの人が交わしてた会話みたいに、薄くて遠い。

駅で別れたときには、お互い笑顔だった。ただそれさえも、向こうがこちらに向けた憐《あわ》れみみたいに感じられて、思い出すと苦しくなる。気にしすぎ。自意識過剰。

もっともだ。もっともだから傷つき、もっともだから苦しい。久しぶりに会った友人に見抜かれてしまうほど、わたしの自意識は増長し、わたしの周りに張り巡らされている。

電車に乗り、自宅の最寄り駅に着いたとき、安心している自分に気づいた。自宅のドアを開いたときには、懐かしさすらおぼえた。たった数時間ぶりだというのに。出て行ったときと、何も変わらない部屋の光景を、一つずつ確かめていきたい気持ちになった。

久しぶりに使ったキャメル色のバッグの中から、財布や携帯電話などの持ち物を、ダイニングテーブルの上に出していく。その一つ、角が折れ曲がってしまった映画の宣伝ハガキを手に取った。

《きっと何度でも生まれることができる》

キャッチコピーの一節で、空気が薄まる。ちょっと息苦しくなった。気づかないふりをしていただけで、わかっていた。

わたしは何度でも生まれたかったのだ。少なくとも、今、この状態から別のものに生まれ変わりたかったのだ。だから、ずっと会っていない友人に声をかけて、数年ぶりにわざわざ映画館に足を運び、知らない俳優ばかりが出てくるスクリーンを見つめたのだ。

結局、映画を楽しんだだけのわたしは、何も変わっていない。つまらない、何も備えていないわたし。誰かの顔色や視線だけを気にして、満足に自分の意見も持てない、からっぽのわたし。必要以上に気を遣って、どこかで見返りを求めている、自意識過剰なわたし。

夫もわたしも、結婚後、すぐにでも子どもを持ちたいと思っていた。だからわたしは、転勤もありうる自分の仕事を迷うことなくやめ、家庭に入ることを選んだ。

妊娠はあっさりできるものだと思っていた。望めばすぐにできるものだと。その考えは、無知な甘いものであったと、結婚後半年ほどして行った婦人科で知らされた。軽度の子宮内膜症《しきゅうないまく》と診断された。絶対に妊娠できないとか、そういうことじゃないです、ただ、自然妊娠の可能性は、やはり低くなってしまうんですよ、と冷静に言った、眼鏡をかけた医者の表情を、わたし自身がどんなふうに見つめていたのか、自分ではわからない。以来、定期的に婦人科に通院しているけれど、いまだに妊娠の兆《きざ》しはない。

病院での診察結果を伝えたときの夫の表情を、医者の表情同様に憶えている。一瞬、眉間に皺が寄って、それから柔らかな笑みを浮かべて、そうか、病院おつかれさま、と言ったのだ。彼は自分が眉間に寄せた皺にきっと気づいていない。笑みを無理に浮かべたことに、わたしが気づいているのも知らないだろう。

掃除、洗濯、料理、お皿洗い、二週間に一度の婦人科への通院、月に一度ほどの実家への電話、どんどん愛情が失われていくのがわかる夫との時々のセックスで構成されている、今のわたし。

わたしの日常から夫を取り除いたなら、一体何が残るのだろうか。もはや彼を取り除くことなんてできない。以前のように愛情に満ちた関係ではなくなっているのが明確であっても。わたしの内部に夫は混ざりこみ、生活となった。映画の主人公も言っていた。絶対に誰にも取り出すことはできないのだ、と。その通りだ。

ハガキを置いて、ダイニングチェアに腰かけた。四人がけのダイニングセット。夫とわたし以外の人が座ることはめったになく、二つの椅子はほとんど用無しとなっている。友だちが来ても使えるね、とインテリアショップで笑いながら話して購入を決めたことを、夫は憶えているだろうか。きっと忘れているだろう。それとも、忘れたふりをしているだけなのか。

朱里を誘ったのは、時間の問題だけじゃなかったのかもしれない、とわたしは今になって思う。自分より幸せな誰かと出かけたりしたくなかった。フリーターである朱里が、将来に不安を抱いているのを見たかった。結婚、貯金、保険。自分が持っていて、彼女が持っていないものを確認して、上に立ちたかった。映画代を出したのだってそうだ。優越《ゆうえつ》感を抱きたかったんだ。やたらと気を遣って、下手に出るふりをして、内心、不安を聞き出せるのを待っていた。

朱里が楽しそうにバイトの話をすることに嫉妬したのだって、理由はわかっていた。わかりたくなかっただけだ。わたしが持っていないものを持っている朱里。

置きっぱなしのハガキを見つめながら、わたしは、いっそ泣いてもいいのかもしれない、と思った。白いレースのカーテンから、薄く日射しが入りこんでいる午後の部屋。言われた言葉や、思ったことがグルグルと廻《めぐ》る。どんどん息苦しくなっていくのに、涙は出ない。

掃除機をかけなくては。今日はまだかけていない。朝食に使った食器もシンクでそのままだし、夕食の準備もしていない。着替えも、メイク落としも。やらなきゃ。夫が帰ってくるまでに。

意識の片隅でつぶやかれる指令とは裏腹に、体は動き出そうとはしない。どんどん重くなっていくみたいだ。

「やらなきゃ」

わざと声に出してみたときに、涙が頰《ほお》をつたった。ようやく出た涙は、熱さを伴《ともな》っているのに、自分のものだと感じられない。

説明のできない涙　絵本なら描かれることのない感情だ

決定じゃない未来

#4

《女がお店で洋服を眺めている。

ハンガーにかけられているブラウスやワンピースを、なんとなくつまらなそうに手にとっては、また棚に戻す。

一人の店員が女のもとに近づいてくる。

「なにかお探しですかー」

女は軽く首を横に振って言う。

「ちょっと見てるだけです」

「気になるものとかあれば、ぜひ声かけてくださいねー」

店員はまた離れていく。女は洋服を手に取りながら、考え込むような表情を見せる。心情がナレーションで入る。

「わたしが本当に欲しいものなんて、ここにはないのだとわかっている」》

わたしがこの映画館に来たのは、高校時代からの友人である由布子《ゆうこ》に誘われたからだった。この映画館自体には、何度か来たことがあるが、今の上映作は、自分ひとりだったら観ることがなかっただろうと思う。

由布子から映画に誘われたのは、高校時代から数えても多分初めてのことで、メールには少々驚いた。しばらく会ってもいなかったし。かといって、さして断る理由もないので、あいている曜日とレディースデーがあることを伝えて返信すると、誘いのメール同様に、細かく丁寧な返信が届いた。こんなに長々と書かなくてもいいのに。

長いメールを読んで、平日に付き合ってくれるような友人が他にいなかったのだろうな、と察した。別に一緒に海外旅行に出かけようというわけでもないし、苦にもならないことなので、なんでもよかった。

由布子とは、高校時代からものすごく親しかったというわけではなく、特に理由なく同じグループに所属していた、くらいの親しさだ。もしかすると、二人きりで会うこと自体がなかったかもしれない。いつだって複数で会っていた。

彼女の結婚式があったのは一年半前だ。親戚の結婚式には行ったことがあったけれど、友人のものに出席するのは初めてだった。二十三歳での結婚は、早いようにも感じたけれど、由布子には似合っている気もした。ドレス姿は綺麗だった。そのとき初めて見た、三つ年上の旦那さんのことは、かっこいいともかっこ悪いとも思わなかった。どこにでもいそうな感じだった。今、街ですれちがったとしても、認識できないと思う。ただ、由布子にとっては、この人が唯一無二の存在であって、一生のパートナーになるんだなあ、と考えると不思議な感じがした。

わたしにとって、結婚はまだ遠い。高校時代の体育祭とか文化祭とか、そういうもののほうがよっぽど近しい。世の中のたくさんの人たちが、結婚して、子どもを作って過ごしていくことを、普通にやっているように見えるけれど、本当はものすごいことなんじゃないだろうかって思っている。でもそれは単に、わたしには今彼氏も好きな人もいないからってだけなのかもしれない。テレビでも映画でも、みんな当たり前に恋をしていて、すごいなあと思う一方で、ほんとに正しいのかなと感じてしまう。

時々、恋愛感情なんて持ってないように見える、魚とか虫がうらやましくなるときがある。ちょうどいい相手を見つけて、交尾して、出産して、子どもを育てて、子どもが同じような営みを繰り返して。そうすれば悩まないのに。恋愛感情を持つことも持たないことも。

二十五歳。自分の今の年齢を思うと、現実感はかえって遠のいてしまう。中学生や高校生のときの自分と、なにが変わったっていうんだろう。あの頃、二十五歳はすごく大人に思えていた。結婚して、子どもがいても不思議じゃないと思っていた。あの頃のわたしが今のわたしを見たら、ガッカリしてしまうかもしれない。見た目だって、ほとんど変わっていない。

今日着ているのは、はき古したジーンズとスニーカー。パーカも、思い出せないくらい前に買ったものだ。いつかは興味を持つだろうと思っていたブランド物やアクセサリーにも、結局まだ興味は湧いていない。思っていた大人には、全然なれていない。

結論のないことをボンヤリと思いながら、待ち合わせ場所の駅に着くと、既に由布子が立っていた。由布子は、二十五歳らしく見える、高そうで綺麗な服を着ていた。以前より少しやせたような気もするけど、確信は持てない。

久しぶりだね、と挨拶《あいさつ》をして、由布子はわたしに微笑みかけた。幸せな奥様、という感じだった。それから、わたしのことを上から下まで見た。見るというか、チェックするような感じだった。ちょっといやな感じがしたけれど、単に目線が定まっていなかっただけかもしれない、と思い直し、歩きはじめた。由布子が言った。

「よかった。今日、付き合ってもらえて。ありがとう。一人で行くのって、なんだか怖かったし」

確か、ばか丁寧なメールの中でもそんなことを言っていた。怖いってどういうことなんだろう。わたしはたいてい一人で映画館に行く。それを伝えると、行動力があるんだね、と返された。行動力とはちょっと違う気がしたけど、伝わる感じがしないので黙った。怖さについて聞く気持ちも特に生まれなかった。

風が冷たい。歩きつづけていると、また由布子が言った。

「わたしもジーンズにすればよかったかな。風、冷たいね」

その言葉で、やはりさっき、わたしの格好をチェックしていたんだな、というのがわかった。不快だった。

久しぶりに会って、楽しい話でもできるのかと思っていたのに、なんだかずっと試されているかのような感じがある。それでいて、やけに細かく気を遣われているような。

考えすぎなのだろうか。わたしが久しぶりに会う由布子との間に、勝手に見えない壁を築いてしまっているのだろうか。

「映画館に着けば平気じゃない」

わたしの応答は、自分で思っていたよりもやけに冷たく響いてしまう。由布子は、そうだね、と明るく言った。

映画館に着くまでの間、わたしは由布子への苛立ちを積もらせていった。思い返してみれば、あのわざとらしい丁寧なメールも、うっとうしいものだった。もっとシンプルに誘ってくれればいいのに。それに、一人で映画館に行くのが怖いっていうのも、やっぱり意味がわからない。痴漢《ちかん》とかそういうことだろうか。だけどそうそう遭うものじゃないはずだ。

高校時代はもっと楽しく話をしていたはずなのにな、と思うと余計に、相手へとも自分へとも決めかねる苛立ちが募っていく。

由布子が旦那の話をしている。曖昧な相槌を打ちながら、わたしは、この苛立ちはどこから生まれたものなんだろう、と考えてみる。会ったときの由布子の視線は、確かにきっかけの一つになっていた。わたしを値踏みするような、あの視線。

だからといって、どうしてこうまで自分がイライラしてしまうのかは、よくわからない。

何度か来たことのある映画館には、スムーズにたどり着いた。ポスターの下には、レディースデー一〇〇〇円、の紙が貼られている。

チケット代は由布子がおごってくれた。払うと言ったけれど、いいよ、と言われたので、そのまま買ってもらった。

ロビーに置かれたチラシの中から、何枚かおもしろそうなものをもらっていくことにした。写真展や美術展が多い。バイト先によく来るお客さんが好きそうなものもあったので、持っていって渡してあげよう、と思う。由布子も眺めていたものの、特に彼女の興味を惹くものはないようだった。

場内に入る。真ん中あたりに、女の人が一人で座っていた。やっぱり一人で来る人もいるじゃん、と由布子に言おうと思ったけれど、聞こえてしまいそうでやめた。逆に、由布子がこちらに話しかけてきた。小声だった。

「どうしようか、前と後ろ、どっちのほうが観やすいかな。やっぱり真ん中あたりがいいよね」

どこでもいいよ、と答えたが、由布子は座席をずいぶん重視しているみたいで、いつもはどこで観てるの、と質問を重ねてくる。適当、と正直に答える。結局、女の人が座っている二列ほど後ろの席に、並んで座ることとなった。

「なんか、思ったよりも狭いね。座りやすいといいんだけど」

言われて、ううん、と答えた。由布子はさらに言う。

「そこ、観やすいかな。大丈夫？　今日はほんとにごめんね、付き合わせちゃって。ありがとう」

正直、面倒くさい、と思った。さっきから由布子の言葉が、いちいち重たく、うっとうしいものに聞こえてしまう。こちらの様子を気にしてばかりだ。わたしは一度目よりも強く、ううん、と言った。意図が伝わったかどうかはわからなかった。

相手のどこかをいやだなと思うと、別の部分までいやなふうに思えてしまう。さっきから、由布子の言葉ひとつひとつが、重たい過剰なものに思えつつあった。それに、気遣いや気配りも。大げさにいうと、こちらの様子をずっと監視されているかのようだ。

由布子はわたしに、さっこについて訊ねてきた。さっこは高校時代の同級生で、今でも一番よく会う友人だ。最低でも月に一度は会っている。さっこといるのはラクだ。言ったことがすっと伝わる感覚があるし、向こうの言うこともよくわかる。一緒にいても、一人でいると錯覚するときがある。

要は干渉がないのだ。お互いの状況について、打ち明けようとする気持ちがない。自分の現在とは直接関係のない、漫画の話や本の話をしていれば、特に何かを考えたり思ったりしないで済む。

悩みを打ち明けあったり、生活に踏み込んだりするのは苦手だ。誰かに話したからといって悩みが解決するわけじゃないし、弱っているところを知られるのはバツが悪い。解決するにしてもあきらめるにしても、自分で決めるほうが面倒がなくていい。

ひとしきり、共通の同級生の話などをしていると、後ろの扉からカップルが入ってきた。見ていないけど、声でカップルだとわかった。後方の席に座ったようだ。ひそひそ声だけれど、他に話している客がいないので、よく聞こえる。

「もしかして、男って、おれだけじゃないの」

「そうかも。ごめんね」

しょうもないことで苛立っている男にも、謝っている女にも、共感できなかった。男が一人だから、どうだというのだろう。一人きりで映画館に来るのが怖いという由布子も、同じ気持ちなのだろうか。だとすると、やっぱり理解できない。そんなのただの自意識過剰じゃん、と言いたい気持ちになった。

場内が暗くなる。スクリーンに目をやる。

映画は好きだ。漫画も本も。今の自分がどんな状況だろうと、それには関係なく、別の世界に連れて行ってくれる。わたしの年齢も、仕事も、恋人の不在も、まるで遠いものになる。自由だ、と思う。

映画はそれほどおもしろいものでもなかった。ただ、おごりだったし、期待していたわけじゃなかったので、ガッカリはしなかった。恋愛映画はほとんど観ないので、多少の新鮮さもあったし。

外に出ると、由布子に感想を聞かれた。

「んー、まあまあだったね。観やすかったし」

正直にそう言って、それからお昼ごはんを食べるお店を探しに行くことにした。この映画館に来るときは、たいてい隣のマクドナルドで食事を済ませてしまうため、お店はあまりわからない。

歩きはじめてすぐに、イタリアンがあるのを発見した。

「ここでいいんじゃない」

言ってから、わたしたちは店内に入った。お店を探し回るのも面倒だし、お腹がすいていた。店内はそこそこ混んでいた。座って注文を終えてから、お店の中にいるのはみんな女の人だと気づいた。注文をとっているのも。バイト先の居酒屋では男の人たちに囲まれていることが多いので、新鮮だった。平日の午後のイタリアンは、女の人のためのものなのか、と思った。

パスタの前に、サラダが運ばれてきた。オレンジ色のドレッシングは、にんじんのドレッシングだろう。既製品だと思われる味だった。野菜もえぐみがあって、あまりおいしくない。

「主演女優、綺麗だったよね」

しばらく黙っていた由布子が言った。さっきの映画の話だ。

「そうかなあ。結構素人っぽかったけど。演技もいまいちだし」

女優がもっとよければ、映画もよかったのに、と思っていたわたしは言った。綺麗だったけれど、演技に熱のない感じだと思っていた。あまり印象に残らない。クレジットで名前だけは確認したけれど、早くも忘れていた。

「ごめん、そうだね、不自然なところも多かったかも」

慌てた様子で由布子が言う。わたしが主演女優にケチをつけたからって、由布子が慌てるのは変だと思った。しかも、そんなにとってつけたように、悪く言わなくたっていいのに。どうしてこんなふうな態度をとるのか、よくわからなかった。

「そういえば、さっき言ってた、テレオペと居酒屋、掛け持ちってつらくないの」

由布子が話題を変える。今わたしが二つのバイトを掛け持ちしていることは、映画館に向かう途中で伝えていた。

「テレオペはいいかげんやめたいんだけどね。居酒屋のほうは楽しいよ。近所なんだけど、来るのは常連のおじさんばっかりで、いろいろ教えてくれるし。店長もおじさんだしね。たまにチップとかもらえるよ。今、働いて二ヶ月くらいかな」

わたしの話を聞く由布子の表情が少々曇る。

「それって大変じゃない？　馴染めるの？」

小学生でもあるまいし、どうして心配する必要があるのだろう、と思いながらも、わたしは答える。余裕だよ。由布子の表情は変わらない。わたしは、最近バイト先で起きた楽しい出来事のいくつかをかいつまんで話した。不安に思っていることを話しても仕方ないし、そんなところを見せたいとは思わなかったから。

わたしが話しているあいだ、由布子の表情は浮かなかった。わたしが笑っているときには、笑みを浮かべるけれど、無理やり作っているみたいで、心から楽しそうな様子ではなかった。

話しながらわたしは思った。

もしかして由布子は、心配しているわけじゃないのかもしれない。

一旦浮かんだ思いは、強まっていった。由布子が眉間に皺を寄せているのは、わたしへの心配ではなく、不満なのではないだろうか。でも、どうしてそんなふうに不満を抱かれなくてはいけないのか、さっぱりわからない。

パスタが運ばれてくる。由布子はトマトクリームソース、わたしのはキャベツとアンチョビのペペロンチーノだ。にんにくの香り。

テーブルの上に置いてあったカゴの中からフォークを取り出し、パスタを口に入れた。いまいちだった。麺はやわらかすぎるし、塩味が濃い。キャベツも、もう少し歯ごたえを残したほうがいいように思えた。

わたしはお店の人には聞こえないように、由布子に言った。

「これ、いまいちかも。別のお店のほうがよかったかもね」

由布子は同じように声をひそめて、すぐに言った。
「ごめん、ちゃんと調べておけばよかったね」
わたしは驚いた。思わず彼女の顔を見る。
ごめんって、どうして由布子が謝るんだろう。
そういえばさっきも謝られた気がする、と思い出してみる。すぐにわかった。
主演女優の話をしたときだ。あのときも、普通に感想を述べただけだったのに。
考えてみれば、由布子はわたしにずっと謝っていた。一番最初の誘いのメール
からしてそうだ。ごめん、ごめん、ごめんね。なんだってこの子は、こんなにも
わたしに謝るんだろう？　それだけの行動をしたのだろうか？　わたしたちは謝
罪が必要になるほどゆがんだ関係だったんだろうか？　高校時代もこんな感じだ
っただろうか？　いや、違う。絶対にそんなことはなかった。
「なんか変わっちゃった感じがする」
わたしは言った。え、と由布子がこちらを見る。わたしはパスタに目をやる。

茹ですぎの麵。

　言葉は勝手に、わたしの口をするすると流れ出ていった。あまりにも自然で、自分でも戸惑ってしまうほどだった。

「そんなに謝られると、逆にどうしていいかわかんないんだけど。誘ってくれたときのメールからして、ごめんね、ごめんね、って感じだし。あからさまに気遣ってるし。あとさ、会ったときに、一人で映画館行けないってこととか言ってたけど、それって、気にしすぎだと思う。自意識の問題じゃないかな。きつい言い方に聞こえちゃうかもしれないけど、全体的にそんな感じがする」

　由布子は少し黙ってから、そうかなあ、と言った。いつもと同じ口調だった。

　二人とも黙ったままで、パスタを食べた。やけに水が欲しくなった。塩味が濃いせいだけではない気がした。

　わたしは、自分の言葉を後悔しはじめていた。もっと別の言い方があったし、そもそも別に言わなくてもいいことだった。

今日由布子と会って、どんな話ができたら満足だったんだろう、と考えてみる。

由布子はよく会うさっことは逆だった。さっこは干渉しないのに対し、由布子は会ったときからわたしを気にしているようだった。わたしの服装、わたしの感情、わたしの友人、わたしの仕事、わたしの現状。

ただ、それは間違っていることじゃない。むしろ、正しいか間違ってるかでいえば、しっかりと家庭を築いて生活している由布子のほうが、正しい場所にいる。結局のところ、わたしは現状を突きつけられたくないだけなのだ。インテリアの専門学校を出ていながらも、それとはまるで関係のないバイトで生活をつなぎ、彼氏も好きな人もおらず、未来のビジョンも願望も持たない自分を、なるべく思考から遠ざけておきたいと願っている。

謝られることがいやだったのじゃなくて、気にされることがいやだったのだ。誰にも、どんなふうにも、気にしてほしくない。そうされることで、自分を気にしなきゃいけなくなるから。

しばらくしてから、由布子が言った。

「外出するの久しぶりだったし、どっかリズムが変になっちゃってるのかも。ほら、毎日家にいる生活だし」

明るい口調だった。

わたしは申し訳なく思いながら言った。

「ごめん、わたしこそ、勝手に過敏になっちゃったかも」

ううん、と由布子が言った。

パスタを食べ終えて、わたしたちは駅で別れた。またね、と笑って手を振ったけれど、わたしはさっき由布子に投げかけた言葉を後悔していたし、彼女がそれを気にしているだろうということもわかっていた。

まっすぐ家に帰る気にはなれなかった。住んでいるアパートの、一つ手前の駅で降りた。こっちのほうが最寄り駅よりも大きく、栄えている。いろいろ見てから、散歩気分で帰ろう、と思う。

歩きながら、自分が言ったことや、由布子が言ったことが、どんどん思い出される。膨張していって、頭の中を満たしていく。体が重くなっていくようだ。

さまざまなお店が入っている、商業施設に入る。まだ午後の早い時間帯なので、それほど人はいない。高校生カップルがいて、学校はどうしたんだろう、と思った。そういえばさっきの映画館にも、高校生らしき女の子がいたのを思い出した。すっかり忘れていた。

カップルは手をつないで、だからー、と楽しそうに話しながら歩いている。相手のことしか見えていないみたいだ。

うらやましいとは思わなかった。彼にとって彼女が、彼女にとって彼が、そんなにも特別な存在だというのが、信じられない気がした。わたしから見れば、二人ともどこにでもいそうな子だけど、当人同士にすればそうじゃないのだ。そのことをとても不思議に感じる。

あの子たちは、大人になった自分たちを想像できるだろうか。想像の中の大人になった彼らは、細かなことで悩んだり迷ったりせず、当たり前のように働き、当たり前のように結婚し、スムーズにいろんなことをこなしていくのだろう。かつてわたしが、わたしたちが、大人になった自分をそう想像していたように。

由布子は今ごろ、家で夕食の準備でもしているのだろうか。毎日好きな人の帰りを待つ生活というのが、どのくらい幸せで満ち足りたものなのか、好きな人すらいない今のわたしには、まるでわからない。

いい匂いに惹かれて、一軒のお店に入る。アロマやボディーソープなどが、ボトルに入って並べられている。どれにも雰囲気のある、英語で書かれたラベルが貼られている。

「いらっしゃいませー」

暇をもてあましていたのか、どことなく嬉しそうに、一人の店員がこちらに近づいてきた。

「何かお探しですか？」

「いえ、ちょっと見てるだけなんですけど」

「テスターなんかもいろいろあるので、ぜひお試しくださいね。ごゆっくりどうぞ」

再びレジへと向かう店員の背中を見ながら、さっきの映画にも同じようなシーンがあったな、と思い出していた。主人公は、洋服を見ながら、欲しいものなんてここにはない、と思うのだ。

スクリーンを見ているときには何も感じなかったのに、その通りだ、という思いが湧きあがってきた。わかるよ、と映画の主人公に言いたかった。

いくつか色違いのボトルが並んだボディーローションの中から、一つのテスターを選び、左手の甲に出してみる。ぽとりと落ちた白い液体を、両手の甲を使って、手全体や手首に伸ばしてみる。

様子を見ていた店員が、少し離れた場所から言う。

「すごく伸びがいいんですよー。全然べたつきもないし。匂いもいいんです。かいでみてください」

言われるがまま、手を鼻に近づける。柑橘《かんきつ》系が混ざっているらしく、さわやかな匂いだ。今さら、商品に添えられた説明を見てみる。ジンジャーとオレンジがブレンドされているらしい。よく見ると、ラベルにもそれらのイラストが描かれている。

「これからの時季、乾燥しやすいですからね。おすすめです」

得意げに店員は言う。

ありがとうございます、とお礼を言ってお店を出た。手はしっとりとしている。だけど、これはわたしの欲しいものじゃない。

さっきの高校生カップルをまた見かけた。彼がなにかおもしろいことを言ったのか、彼女が爆笑している。楽しそうだ。

顔の前をさえぎるように髪が揺れる。髪を横にかきあげるときに、自分の手からいい匂いがした。

この生活だって悪くない。

すんなりと思えたのは、匂いのおかげかもしれないし、楽しそうな高校生カップルのおかげかもしれないし、全然関係のないことかもしれない。単なる思い込みかもしれない。どれだって構わなかった。

目についたショップに入っていく。ここにもわたしの欲しいものはないだろうか。だとしてもいい。一日歩き回ったっていいんだし、そうしているうちに欲しいものが見つかるかもしれない。なぜかちょっと、ワクワクしていた。

真っ黒とも真っ白ともいえる　まだ何も決まっていないわたしの未来

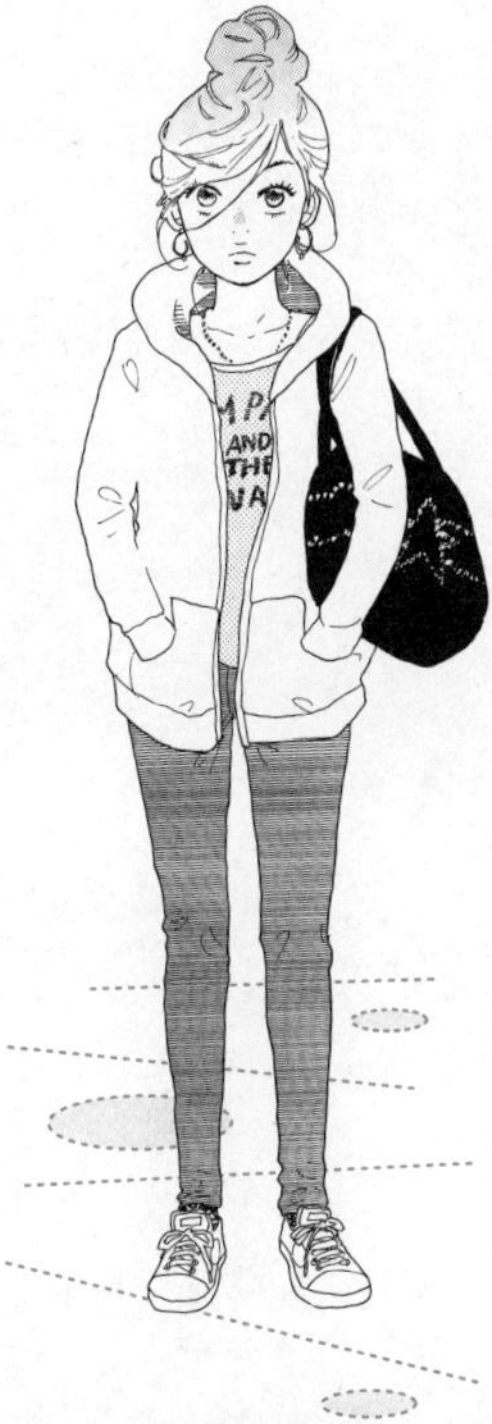

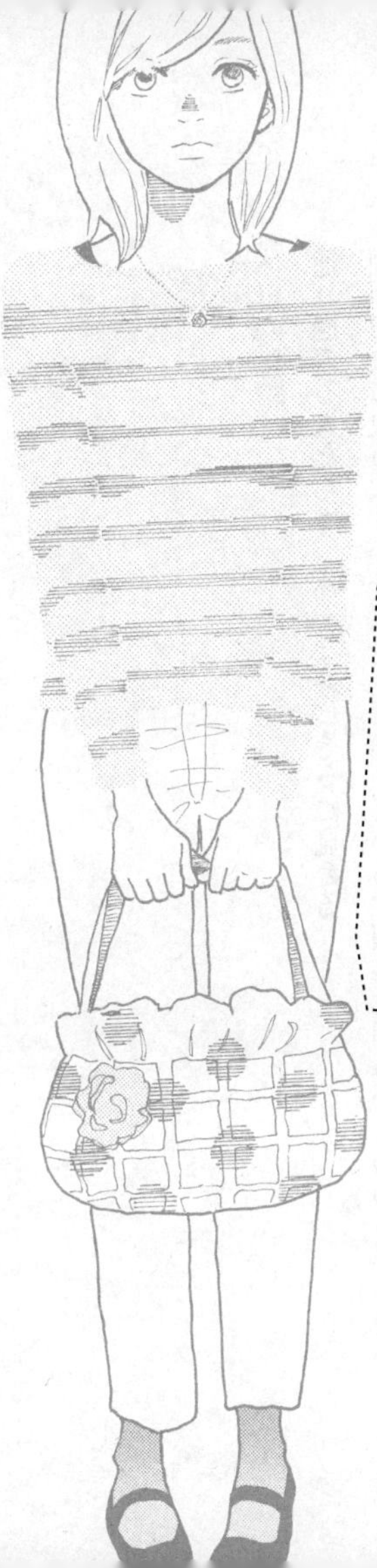

#5 友だちじゃない存在

《休日の雑踏。

通り過ぎる人たちは、みんな楽しそうに見える。

画面中央に映る女は、一人きりで歩いている。服装は明るいものの、浮かない表情で、どこかうつむきがちだ。

突然、女に別の女が話しかける。若そうだ。紫色の服を着ていて、やけに目を見開いている。

「あのー、今、お時間いいですか?」

女の返事を待たずに、若い女は言う。

「よかったら、手相見せていただけませんかー。今、勉強中なんですけど、何かお悩みなどもあるのかなー、なんて思って、そのあたりも含めてアドバイスできますんでー」

不自然なほど明るい声に、女は、結構です、と静かに返事をする。

「そうですかー」

若い女は残念そうに、けれどどこか楽しそうに、そして用意されたセリフを読み上げるように言う。

女は振り向くこともなく、さっきよりもさらに表情を暗くして歩いていく》

わたしがこの映画館に来たのは、この映画に友だちの緑《みどり》が出演しているからだ。すごい映画なのだと、繰り返し伝えられた。国際映画祭にも出品される予定があるし、監督は若手で注目を集めていて、オーディションものすごい倍率だったのだそうだ。そんなに重要なシーンではないと思われるようなところでも、細部まで音楽や照明などもこだわっていて、緑によると「作っている人すべてが情熱を注ぎ込んでいる映画」らしかった。

公開されている映画館が少ないことは、ずっと話を聞いていたわたしにとっては意外だった。全国で公開されるものだと思い込んでいたのに、上映される都道府県のほうが少なく、変わった名前の映画館ばかりがリストには並んでいた。

知らない名前だったし、行く前から、きっと小さい映画館なのだとは思っていたけれど、予想以上だった。地図を頼りにしても、二度ほど見逃し、建物の前を通り過ぎてしまった。

「ここじゃないの？　これ、看板」

気づいたのは文弥《ふみや》だった。彼の指さす先には、映画のポスターが貼られた看板。ポスターの下には、本日レディースデー一〇〇〇円、の文字。そのことは知っていて今日にしたのだった。

慌てて中に入ると、カウンターの女性も慌てた様子で、あと数分で上映されます、と言う。チケットを二枚買った。彼の分もわたしが買う。誘った時点でそうするつもりではいたけれど、手渡したときに何も言ってもらえなかったのは、少々予想外だった。でもきっと彼は苛立っているのだろうな、と思い直す。映画館を探しながら、もう観なくていいんじゃないの、とまで言っていたくらいだから。

重たい扉の先に広がる場内は、想像よりもさらに狭かった。間違いなく、今まで訪れた映画館の中で一番狭い。百席もないように見える。

ぽつぽつと人が入っていたものの、緑が言っていたように「業界の人も注目している映画」の客席とは思えなかった。

後方の、スクリーンに向かって右寄りの席に並んで腰かけた。一人で来ている女の子の一列前。明らかに年下に見えたけれど、高校生だとしたら、平日のこんな時間にいるのは不自然だ。

「もしかして、男って、おれだけじゃないの」

文弥に小声で話しかけられ、見える範囲で客席を確認すると、確かに女の人しか見当たらない。

「そうかも。ごめんね」

どんどん不機嫌にさせていくかもしれない、と思って不安になると、ブザー音が鳴り、救われた気持ちになった。場内が暗くなる。スクリーンに登場する緑は、どんな顔をしているだろう。そして、そんな緑を見て、わたしはどんな気持ちになるだろう。

「全然出てなかったじゃん。緑ちゃん、だっけ」

お昼ごはんを食べるために入った駅の近くのベトナム料理店で、注文を終えてから、文弥は言った。思い出したような言い方だったけれど、本当に思い出したのではなく、ずっと言うタイミングを待っていただけだとわかっていた。なぜなら、わたし自身もまるっきり同じ感想を抱いていたから。

《主役ってわけじゃないけど、かなり重要なキャストではあるかな。なんていうか、ある意味では誰もが主役みたいな映画なんだよね。無駄に見える部分も無駄じゃないし、どれもがストーリーに絡み合ってるっていうか。監督にも、かなりダメ出しとかされるし、それだけ重要ってことなんだろうけど》

緑が話していた様子を、今でも克明《こくめい》に思い出せるけれど、実際はまるでその言葉とは違ったものだった。

ヒロインに街なかで話しかける、占い師志望の女性。それが緑の役だった。確かにセリフを与えられ、スクリーンにもしっかりと映っていたのだから、きっと役者を目指す人たちにとってはある程度すごいことなのだろう。けれど、どう好意的に受け止めようとしたところで、やはり彼女の言う《重要なキャスト》には程遠い。実際、今さっきまであの劇場で映画を観ていた人たちに聞いてみても、緑の存在は印象に残っていないだろう。

「ほんとだよね」

「わざわざ観に来る必要なかったんじゃないの、これじゃあ」

「まあ、でも、映画デビュー作なわけだし」

「映画デビュー、ねえ」

とげのある言い方だ。映画がつまらなかったせいだろう。含まれているとげに、気づかぬふりをしながら、運ばれてきた水を飲んだ。

「今日はありがとう。付き合ってくれて」

わたしの言葉に、彼は、ああ、と曖昧な返事をする。

話すことが見つからなかった。普通に考えれば、観てきた映画の話をすればいいのだけれど、楽しくなる気がしない。実際、伝えたいような感想も特になかった。一人の女性が失恋して、そこから立ち直るストーリー。

緑の言っていた《作っている人すべての情熱》は、わたしには感じられなかった。彼にしても、あの場に居合わせた他の観客にしても、それは同じだろうと思う。そして、観ている人に伝わらない以上、その情熱はないも同然なのではないだろうか。

「もともと、緑ちゃんって、何で友だちになったんだっけ」

「高校の同級生だったの。で、たまたま同じ大学に入るってことがわかってから、仲良くなった感じ」

「あー、そっか。前にも聞いたね」

「でもやっぱり、わたしと緑って、だいぶ違う雰囲気だよね。グループ的にっていうか」

「確かにちょっと意外だな。でもまあ、女の子ってそんなもんなんじゃないの」

そんなことない、とは思っただけで口にしない。たいていはみんな、似ている子と固まるものだ。住んでいる世界や、立っている場所が、明らかに違う子には近づかない。流れている空気ははっきりと見えるものではないけれど、本能でわかる。自分と違う空気は息苦しいものなのだ。

いまだにそうだ。彼女を知って四年ほど、互いの存在を認識するようになってからでも三年ほどが経つというのに、わたしは緑といると、息苦しさをおぼえる。

違うクラスだったにもかかわらず、高校入学直後から、緑の名前は耳にしていた。既に芸能活動をやっていたことで、彼女はちょっとした噂になっていたのだ。

他の子に用事があるふりをして、何人かでわざわざ緑を見に行った。確かに綺麗だったけれど、同じクラスの一番可愛い女子と比べて、はっきりと優劣を付けられるような感じでもないように思った。学年一可愛いと言われると、首をかしげてしまう程度の美しさだった。

それでも、彼女がまとう雰囲気には、どこか他の人とは違うものがあった。はっきりとした目鼻立ちをさらに引き立たせるかのように結ばれた唇は、意志の強さを感じさせたし、机に向かって座っている背筋はぴんと伸びていた。

入学直後にひとしきり噂されたのち、緑の話はしばらく聞かずにいたけれど、夏休みを過ぎたくらいから、またちょくちょく名前を耳にするようになった。

いずれもいい話ではなかった。

噂をそのまま鵜呑《うの》みにするのであれば、緑はひどくワガママで勝手で、自分に自信があり、周囲の子を見下していて、男子に対する態度と女子に対する態度がまるで違うということだった。緑の周囲には常に何人かの女子がいたけれど、みんな珍しい話を聞きたいからチヤホヤしているだけで、心から緑と仲良くしたいと思っている子はいないらしい。

話の真偽を確かめられるほどの距離にはいなかったけれど、廊下などで緑の姿を見かけるたび、さもありなんという気がした。まるっきりの嘘というわけではなさそうだった。

またしばらく忘れて過ごしていた緑の存在を思い出したのは、高校二年生で同じクラスになったときだ。仲良くしている友人も異なっていたし、一緒に行動するグループも違ったので、そこまで深く関わっていたわけではなかったものの、緑の傲慢《ごうまん》さを知るのには充分だった。

緑は、自分が何もかも持っている人間だと信じて疑っていない様子だったし、欲しいものはすべて手に入れられるのだと思っているようだった。事実、これまでそのように生きてきたのだろう。彼女には常に彼氏がいた。一つ上の先輩や、他の学校の男子、別のクラスの男子。緑はモテる。そのことも、女子の反感を買っていた。

「実際、そこまで可愛くないよね」

「ほんとだよね。可愛く振舞ってるけど。男子がいないところでは偉そうだし」

交流のないわたしの友人たちですら、そんな会話をしょっちゅう交わした。クラスでも学校でも、緑のことを好きな女子はほとんどいなかった。へたすると、一人も。

緑はわたしのことを気にする様子なんてまるでなかった。わたしはおとなしく、風貌《ふうぼう》も行動も地味だ。緑が関わりたがるのは、けっして緑を超えないレベルで可愛らしく、明るい女子たちだった。

ほとんど話をしなかったわたしたちが話すようになったのは、大学進学がきっかけだった。

また違うクラスになった三年生のとき、いきなり緑がわたしを訪ねてきた。突然のことで、理由が本当に思い当たらなかったので、ものすごく驚いた。人違いか、あるいは自分が気づかないうちに緑を怒らせるようなことをしたのだろうかと不安になり、教室のドアのすぐ外で待っている緑の表情をうかがうことができなかった。

「あの、用事って」

「ねえ、もう大学決まったんだよね？」

緑は突然呼び出したことに対する謝罪も、断りもなく、いきなり質問を投げかけてきた。質問の意外さに戸惑いつつも、わたしは肯定した。秋頃に、指定校推薦での大学進学が決まっていた。さらに大学名を訊ねられ、そのまま答えたところ、緑は何度か軽く頷いた。わかっている、という態度だった。

「わたしもそこ受けようと思ってるの。一般の自己推薦なんだけど。願書、どういうふうに書いたかとか教えてくれない？」

「え」

突然の申し出に対し、まず生まれたのは戸惑いで、遅れて怒りが届いた。緑の口調は、一応お願いの形を取っていたものの、疑問や懇願よりも、告知や命令に近く響いた。

「って言われても、わたしもわからないけど」

「参考程度でいいよ。だって受かったんでしょう？　志望理由とか、そういうのは、かぶってる質問もあると思うから」

結局わたしは、その日の放課後、空き教室で緑の願書記入を手伝わされることとなった。緑は自己PR部分には、自分がいかに芸能活動を頑張ってきたか、といったことを書いていた。それだけを読めば、緑が大女優であるかのように錯覚しそうなほどだった。

　実際、その時点で緑が出ていたものは、よくてローカルテレビ番組の一瞬だけのコーナーで、あとはごくたまに地元の広報誌やクーポンの付いた薄いマガジン、時々は地域のFMの番組、という感じで、気にして活動を追わないかぎり、目に触れたり耳にしたりする存在ではなかったというのに。

　表面上は調子を合わせて、熱心に手伝ったものの、内心、緑が大学に落ちることを望んでいた。わたしの行く大学、そして緑が行きたがっている大学は、偏差値がある程度高い。願書を見るかぎり、緑の成績はあまりいいものではないことがわかったし、そんな彼女が合格することは、三年間地道にテスト勉強を頑張り、いい成績をキープしていた自分の努力が否定されるような気がしたからだ。だいたい、願書に書かれていることのどこまでが本当なのかわかったものじゃない。志望理由だって、わたしが言うのを丸写しにしているだけだ。

　一方で、教室という空間に、二人きりでいることは不思議だった。関わることのない存在だと思っていた緑が、今目の前にいるというのは、現実味のない現実だった。優越感といっては大げさだけれど、どこか誇らしげな気持ちを、苛立ちの片隅で、確かに抱いていた。でもそれが、誰に対する誇りだったのかわからない。緑と話すことのない人たちになのか、緑を好きな男子たちになのか、あるいはもっと想像もしていない自分になのか。

冬になってから、再び緑はわたしの教室に現れた。その頃には、二人で空き教室で過ごした時間はすっかり遠いものとなっていたので、近づいていくなり緑が発した、受かった、という言葉が何を意味するのか、本気でわからなかった。

「大学、受かったの」

反応の薄いわたしに、イライラした態度を隠すことなく、緑は言い足した。誇らしげな表情は、美しいと言わざるをえないものだった。

「ちょっとちょうだい」

いいよ、とわたしが答えるより一瞬早く、文弥はフォークの入った器を自分の前へと引き寄せている。

彼の頼んだココナッツチキンカレーを一口もらおうか悩んで、やめる。胃のあたりがやけに重たく感じる。いつからか考えてみると、どうやら、スクリーンの中の緑を見てからのような気がする。

「午後の授業、めんどくさいなぁ」

器をこちらに戻しながら、独り言のように文弥はつぶやく。付き合いだした頃はよく、独り言だと思ってスルーしていたら、不機嫌になられたので驚いた。だったらもっとはっきり言えばいいのに、といまだに思っている。

「午後の授業って、何があるの？」

「地域環境マネジメント。って言ってもまあ、よくわかんないと思うけど。一応理系科目だし」

「そうなんだ。難しそうだね。環境学とか？」

「うーん、そんな感じかな。一言じゃ説明できないな」

わたしの知らない話をするとき、文弥はどこか得意げだ。正確には、わたしの知らない、ではなく、わたしが知らないだろうと決めつけている、なのだけれど。

文弥は工業大学に通っている。わたしの通う大学とは、隣同士の駅だ。交流校という、何校かの別の大学で受けた授業が、そのまま単位として使えるシステムがある。授業の数は決まっていて、わたし自身がその制度を使ったことはないのだけれど、工業大学から来ている学生が結構いるということは、友だちから聞いていた。工業大学は男子が多いから、出会いを求めてやって来るのだと。

だから実際に、授業に出ていて声をかけられたときには、本当だったんだなあとすんなり納得してしまった。もっとも、声をかけられたのはわたしと一緒にいた友だちで、声をかけてきたのは文弥の友だちだったのだけれど。

そのまま一緒に学食でお昼ごはんをとることになったのも、連絡先を交換することになったのも、飲み会をするようになったのも、すべて友だち同士が先導してのことだ。わたしと文弥だけが会っていたなら、何も起こらないどころか、そもそも何も始まらなかったであろうことは想像に難くない。

付き合いだして半年ほど。わたしにとって初めての彼氏である文弥に対して、不満も言いたいことも数え切れないほどあるけれど、ある一点においては、わたしは文弥に絶対的な信頼をおぼえているし、彼への好意の大きな核ともなっている。

「にしてもさあ」

大きく切られたじゃがいもを、口から覗《のぞ》かせながら文弥は言う。わたしは早くも持て余しているフォークに視線をうつす。まだ半分ほど残っている。うん、と言って続きを促した。

「やっぱ、緑ちゃん、そんなに可愛くないんじゃないの。少なくとも女優ってほどじゃないよなー」

なぜか嬉しそうな口調。

「そうなのかな。可愛いとは思うんだけどね」

わたしも同じように明るい口調になるのを必死に抑えながら、そう言う。

大学に入ってすぐに、好きな人ができた。

必修である第二外国語のドイツ語の授業で、同じクラスになった男の子だ。一浪しているということで、年齢が一つ上だった。初めて会ったときから、優しくて感じが良かった。かっこいいというわけではないものの、清潔感のあるすっきりとした顔立ちをしていた。

ドイツ語の本の翻訳を行う作業が与えられたとき、わたしと彼は同じグループになり、そのときをきっかけに、よく話すようにもなった。飲み会で話したときには、同じ作家が好きだということも判明して盛り上がった。

話すたびにわたしは彼に好感を抱くようになっていったし、彼もまた、わたしのことを悪くは思っていないようだった。

「ねえ、あの子のこと好きなの?」

緑にいきなり訊ねられたのは、学食で二人でお昼ごはんをとっていたときだ。

大学に入ってから、緑はやけにわたしに接近するようになっていた。同じ授業を取ったり、ごはんに誘ってきたり。ドイツ語の授業も、わたしが何を取るか聞いた上で、同じものを選択していたのだ。

緑と過ごす時間が増えるようになってから、高校時代の彼女にまつわる噂を何かにつけて思い出した。緑の性格は、噂されていたものと寸分違《すんぶんたが》わなかったから。ワガママで勝手で、自分に自信があって、周囲の人を見下していて。

それでも緑を突き放さなかったのは、元来のわたしの押しの弱さに加え、わたしの中に彼女に対する好奇心が存在していたのと、友だちがそんなにいない心細さからだった。

それに、緑は百パーセント害を与えるだけの存在ではなかった。彼女の仕事の話は、自分からはるかに離れたおとぎ話のように魅力的に聞こえることもあったし、彼女といることで広がった人間関係もあった。

緑に悪気はないのかもしれない、と思うこともあった。彼女が人に対して与える不快さは、ある意味で素直な彼女の性質から生まれるものであって、彼女もそれを知ったら傷つくのかもしれない、と。

だから、向けられた質問に、わたしは深く考えることもなく答えたのだ。

「うーん、好きっていうか、気になってるかな」

「やっぱり。すぐわかったよ」

どこか得意げに笑った緑の表情を、その後も何度も何度も思い浮かべることができた。

「あたしに任せて。絶対うまくいくようにしてあげるから」

「え、どうやって」

「大丈夫だって。任せてよ」

変なこと言わないでよ、と言ったわたしに、緑は微笑みで返事をした。

それから一ヶ月ほども経たないうちだ。緑と彼が付き合いだしたと聞かされたのは。しかも、本人からではなく、ドイツ語のクラスメートから。

最初は何かの間違いだろうと思った。だって、緑は、わたしと彼をうまくいくようにすると言ったのだ。

間違いだということを確認するために緑に訊ねたとき、返ってきたのは意外すぎる答えだった。

「付き合うことになっちゃったんだよね」

絶句するわたしに、緑は、協力するつもりで彼と仲良くなろうとしているうちに、彼のことを好きになってしまったのだということ、そして彼も同じ気持ちだったのだということを、素晴らしいドラマチックなラブストーリーのように話しはじめた。その間、わたしは地蔵のように黙っていた。

「しょうがないよね。お互い、好きになっちゃったんだから」

しょうがないよね、と、ちっともしょうがなくなさそうに言った緑の声が、脳内でリフレインした。わたしの手は震えていただろうと思う。緑と彼は結局、三ヶ月もしないうちに別れた。

「全然食べてないじゃん。どうしたの」

「あんまりお腹へってなかったみたいで」

「だったら店入る前に言えばいいのに」

ここでいいよね、と言ってこのお店に入った一時間ほど前の文弥の姿を思い浮かべながら、ごめんね、とわたしは言った。

心なしか、重たいだけでなく、胃がズキズキと痛み出したように感じる。意識するともっと痛くなりそうで、わたしは文弥に言う。

「緑って、高校時代、男の子にすごいモテてたんだよ」

「へえー」

興味のなさそうな文弥の声に、安堵をおぼえる。けっして演技じゃない。大丈夫だ。

文弥と付き合いだして間もない頃、何人かで行われた飲み会に、緑がいきなりやって来たとき、わたしはひどく恐怖した。絶対に伝えないようにしていたのに。

「教えてくれないなんてひどーい」

明るくそう言う緑は、内心、とても苛立っているに違いなかった。わたしの彼氏を確認するために、そしてわたしの彼氏を奪うためにここにやって来たのだとすぐにわかった。あれが本能だというなら、きっとそうだ。

予感を確信に変えるかのように、緑は当然のごとく文弥の隣に座り、接近した。さまざまな話題を振り、文弥の話に大げさな反応を見せた。

緑の態度に怒りを増長させながらも、わたしはどうすることもできなかった。ただ、いつものように振舞うことに心を注いだ。

わたしと文弥の二人きりになった帰り道で、文弥が言ったことを、一言一句はっきり思い出せる。

「おれ、緑ちゃんって嫌いなタイプかも」

あれはもしかすると、今までに文弥が発した言葉の中で、わたしを一番喜ばせたものかもしれない、と思う。もちろんそのときは、そんな素振りを見せなかったけれど。

「どうする？　店出ようか」

文弥の言葉に、わたしは回想を止める。そうだね、と答える。背もたれに掛けていたショルダーバッグを膝の上に置く。

文弥は緑のことを好きにならないということが、わたしの中で救いとなり、彼への好意の核となっている。本当はもっと、彼に伝えたい。いかに緑が最低で最悪の女であるかを。どんなに人を傷つける女であるかを。一日中語ったって尽きることがない思いを、わたしはずっと静かに胸に秘めている。これからも話すことはないだろう。

「つまらなかったよなあ、映画」

独り言のような文弥のつぶやき。付き合わせちゃってごめんね、と謝る自分の声が弾《はず》んでしまわないように、わたしは細心の注意を払っている。

「いや、ごめん、そんな責めるわけじゃないけど」

「ううん、でも、付き合わせちゃったのは本当だし」

「いいよ、気にしなくて」

文弥が立ち上がるのに合わせて、わたしも立ち上がる。これから授業だ。

映画の中では描かれなかった、占い師志望の女性は、今後どうなっていくのだろう。先に待っているのは、きっとそんなにいい未来ではないだろう。

緑の未来もそうでありますように。

絶対に口に出さない願いを抱えながら、こちらを振り向いた文弥に対し、わたしは薄い微笑みを浮かべる。

波風はいつもわたしの中でだけ立って誰にも気づかれぬまま

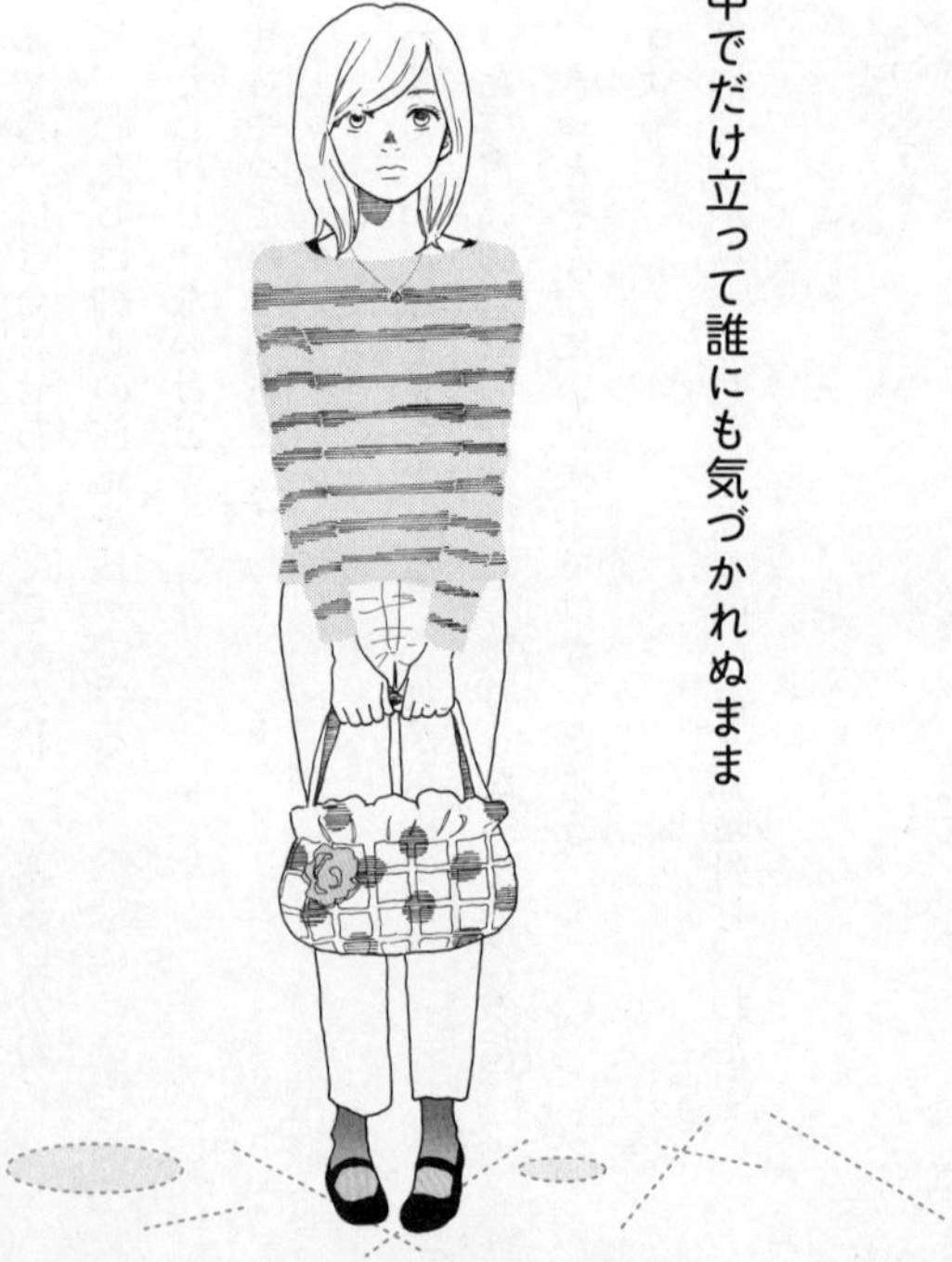

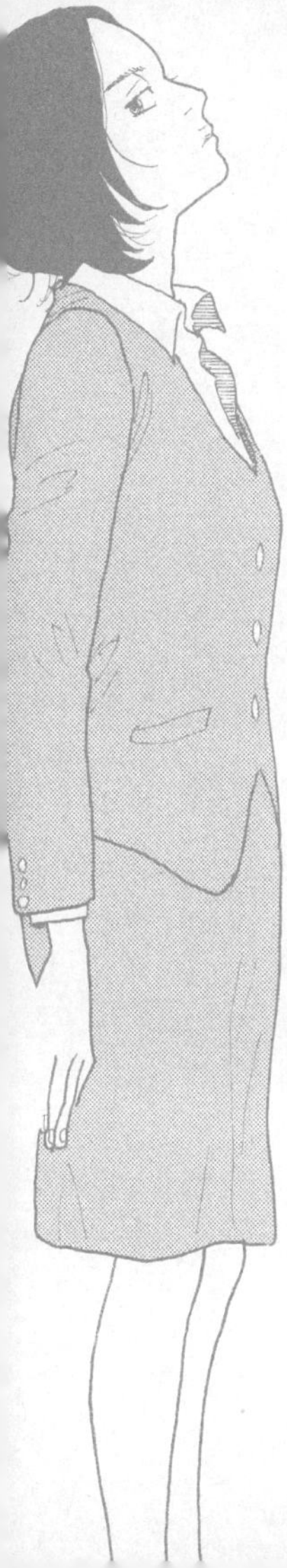

#6 愛情じゃない封筒

《夜、オフィスらしき場所。何人かが勤務している。窓からは隣のビルのものらしい光が見えている。

パソコンに向かっている女がアップになっていく。

傍《かたわ》らにはさまざまな数字の書かれた書類があって、どうやらそれを見ながら入力しているらしいことがわかってくる。

ふと、女はキーボードの上で手を止め、書類を見つめる。何かを考え込んでいる様子になる。

「荒井《あらい》さん」

年配の男の声が聞こえる。女の名前を呼んでいるのだが、女は気づいていない。

「荒井さん、ちょっと」

二度目の呼びかけ。一度目よりも大きい声。

「はい」

ようやく女が気づき、立ち上がる。

カメラが引かれていき、どうやら女を呼んだのが奥にいる男だということがわかる。男のデスクに向かって歩き出す女》

私はどうしてこの映画館に入ったのだろうか。なんとなく、としか言いようがない。だってここに入ったところで、私の抱えている問題が解決するわけではないし、いきなり気分が晴れると思っていたわけでもないのだから。

映画館だとわからないような外観だった。マクドナルドの隣にあって、上映されている映画の看板が出ているけれど、気づかずに通り過ぎることも充分ありえそうだ。というか、気づいた自分がむしろ不思議に思える。

ポスターを見るかぎり、どうやら恋愛をテーマにした映画であるらしかった。《かすかな光、ゆるやかな再生／きっと何度でも生まれることができる》というコピー。ポスターの下部に、レディースデー一〇〇〇円、と印刷された紙が貼られていたことでも、少しだけ背中を押された気分になった。

カウンターで女性からチケットを購入し、狭いロビーを通り抜け、場内に入った。いくぶん前寄りの中央あたりに座ってから、映画を観るのはいつ以来だろうと思った。

記憶が確かであるとするなら、もう二年以上前に違いなかった。アメリカの映画で、ある家族を描いたコメディーだった。かつての同僚と観に行ったのだ。今日とは違い、もっと大きな劇場で、客席もかなり埋まっていた。観客からは時おり笑い声が起きた。私もおもしろがって観ていたはずなのに、ストーリーがどんなものだったか、どんなシーンがあったのかは、全然思い出せない。おとといの夢みたいに。

映画のあとでイタリアンに行った記憶はうっすらと残っているものの、何を食べたのか、かつての同僚とどんな話をしたのかも、うっすらどころかすっぽり抜け落ちている。

映画を観たときだけじゃない。あの職場で働いていた頃、ランチを食べに行った先で、かつての同僚たちとどんな話をしていたのか、記憶はどんどん薄まっていって、水の中で何かを見ようとするときのように、しっかりと全体像を捉えることができなくなりはじめている。

毎日のように会っていた人たちと、まるで会わなくなることに、寂しさを感じていたけれど、今では毎日のように会っていたことのほうが不思議に思える。そう考えて、かつての同僚だけでなく、あの人のことまで思い出してしまいそうになって、私は首を回すことで思考を断ち切ろうとする。

古そうなわりに座り心地のいい椅子だ。目を閉じるとそのまま眠りそうになる。

「さっこって、仕事は変わってないんだよね?」

後方から聞こえてきた会話が、やけにはっきりと耳に届いたのは、仕事、という単語のせいに違いなかった。会話は今始まったわけではないのだから。

「うん、ずっと信金にいるよ」

「そっかー、窓口って、結構神経遣いそうだよね。クレームとかもわりとありそうだし」

「うーん、そんなに仕事の話は聞かないけど」

「いつも二人で会ったときって、どういう話してるの?」

「普通だよ。読んだ漫画の話とか」

席につくときに、二人組の女性がいたのは確認していたけれど、そこまでまじまじとは見ていなかった。一体何歳くらいなのだろう。声のトーンは、自分よりも若く感じられる。特に、質問に答えているほうの。

二人はそれから別の話題にうつっていき、一人がやけに熱心に話しているような印象を受けた。熱心というよりも空回りのような感じだった。興味を失い、私はまた椅子の感触に意識をうつした。

ここにいる数名の人たちは、働いているのだろうか。平日の午前中に映画館にいるなんて。全員が無職だったらいいのに、と思ってみるけれど、そんなはずはないだろうとわかっていた。世の中には平日休みの仕事だってたくさんあるのだ。

一瞬、ウトウトしていた。はっと気づいたのは、さっきの二人組とは異なる、カップルらしき男女の会話が聞こえてきたからだ。

「もしかして、男って、おれだけじゃないの」

「そうかも。ごめんね」

ひそひそと話しているのが、静寂《せいじゃく》の中では余計に目立つ。男が偉そうに思えて腹立たしくなったが、きっと彼も声のトーンからすると私より年下に違いない。

あの人はいつだって柔らかく話していた。ふんわりと、包みこむように。

場内が暗くなる。映画が始まるようだ。

私はどうしてここにいるんだろう、なんて、連れてこられたわけでもないのに疑問に思う。

退屈な映画だった。途中で眠ってしまい、途切れ途切れに観たシーンもある。それでも全体のストーリーはなんとなく把握できた。

静かで優しげな音楽がＢＧＭとなっているエンドロールまで観て、立ち上がったときに、自分がヒールを履いていること、それに伴って、スーツ姿であることと、面接を終えてきたばかりであることをたて続けに思い出す。意識すると、途端にストッキングが窮屈《きゅうくつ》で厄介《やっかい》なものに感じられてしまう。

外に出て、その明るさに戸惑う。まだ昼だから当たり前なのに。首筋に風を感じる。髪を短く切ってから、一ヶ月が経つ。ショートカットにしたのは、中学生のとき以来だった。もう十五年ほど前。

自分の空腹がどのくらいなのかわからない。いずれにせよ、このまま家に帰るつもりはなかった。家で待っている母親は、どのくらい私の面接について思いを馳せているのだろうか。

携帯電話には一通のメールが来ていた。レンタルショップからのクーポンメール。舌打ちしたくなった。特に誰かからのメールを待っているわけではないし、もうあの人からメールが来るなんて思ってもいないのに。

あてもなく、駅から離れた方向に歩いていくと、中華料理店が目にとまった。いい匂いがしている。外に置かれた看板に出ている写真も食欲をそそる。今さっきまでわからなかった空腹加減が、一瞬ではっきりしたように感じられる。

麻婆《マーボー》豆腐にしようかな、と思い、ガラス張りの扉に近づくと、店内にいる集団が視界に飛び込んだ。スーツを着た男性が二人と、制服なのか、おそろいのベストとシャツ、それにタイトスカートを着た女性が二人、同じテーブルについて談笑している。

ドアを押すことができずに、私は黙って店から遠ざかる。

また歩き始めると、しばらく行ったところに、パン屋があった。中で食事もできるようになっているらしい。おそるおそる店内の様子をうかがうと、中にいるのは女性ばかりだった。ほとんど主婦のように見える。年配の女性もいる。

気持ちを落ち着かせながら店内に入り、トレーとトングを手にした。麻婆豆腐が食べたい気分だったので、綺麗に並べられたパンを見ていても、あまり食指《しょくし》は動かなかった。

それでも、ペッパーとオニオンとベーコンが生地に練りこまれたパン、黒ごまとクリームチーズのパン、の二つを選んでトレーに載せ、レジでミネストローネを注文した。

「こちらのパンはあたためますか？」

パートと思われるレジの女性に訊ねられ、いえ、と首を横に振る。

私のような一人客は他にはいない。みんな二人以上で来ていて、何かを話している。笑っていたり、深刻に頷いていたり。テーブル席ではなく、窓に面したカウンター席に座った。

ペッパーとオニオンとベーコンのパンを一口かじったときに、やっぱりあたためてもらえばよかった、と思った。冷たいパンは、やけにベーコンの脂《あぶら》が強く感じられる。続けて何口か食べて、ミネストローネで流し込んだ。ペッパーの辛みは口に残る。

麻婆豆腐が食べたかった、とあらためて思う。

中華料理店にいた集団の姿が、頭をよぎる。特別変わったところは何もなかった。誰一人知り合いでもなかった。ただ、彼らが明らかに会社勤めをしていることに気づいて、私はおびえたのだ。

今朝の電車もそうだった。周囲は明らかに、これから会社に向かう人たちで溢《あふ》れていて、同じような格好をしているにもかかわらず、私は一人で居心地の悪さに耐えかねていた。そんなはずはないと知りながら、周囲から私だけが浮いているような気がしてならなかった。用もない携帯電話をいじりつづけ、とにかく意識をそらすことに集中していた。

持て余すほどの自意識を抱えてしまっているのは、全部私が引き起こした状況のせいだ。今の、この状況。

つい最近、ポイントカードを作ってもらおうとした靴店で、渡された申込用紙に記入していきながら、私は職業欄の部分で手を止めた。無職、という単語は即座に思いついたのに、実際に自分の文字でそれを記すことはためらわれた。

職が無いから無職。なんてひねりのない、安直なネーミングなんだろう。わかりやすさに悲しくなる。

結局職業欄を空白のままで渡した申込用紙を、店員は普通に受け取って、ポイントカードは今私のカード入れにおさまっている。職業欄なんて、書いたって書かなくたって、さしたる問題ではないのだ。

それでも、あのときからいっそう、無職という言葉は私の脳内に張り付いていて、ことあるごとに姿を現す。たとえば朝の満員電車で。たとえば飲食店で。たとえば駅前の雑踏《ざっとう》で。たいていは、周囲に会社員らしき人たちが溢れているとき。

見知らぬ誰かに責められるはずなどないし、人混みの中にあの人が紛《まぎ》れていることなどないのに。

パンを一つ食べ、スープをほとんど飲んだところで、激しくおぼえたはずの空腹感はなぜかなりをひそめていた。もう一つ残ったパンが、恨《うら》めしい存在に思えてくる。

考えないようにしていることを、次々と考えてしまいそうで、早く家に帰ったほうがいいのかもしれない、と思う。居間で母親といるとストレスはたまるけれど、何かについて考えることは減る。母が自分の部屋を持っていないのだということには、仕事を辞めてから気づいた。それまで気にも留めていなかった。ずっと専業主婦でやってきた母は、私が働いていないことを、どんなふうに思っているのか、いまだ直接話したことはない。お互いに話すことを避けているから。

父親には激しく怒られた。こんなに年齢を重ねてから、親に怒られることなど想定していなかった。職が決まらない期間が続いていくのは、父のあの日の言葉を立証することでもありそうで、苦々しい思いでいっぱいになる。

「何考えているんだ」

父に怒鳴りつけられ、驚きが先にきた。遅れてやってきた怒りが体を満たしていき、何も考えてないわけじゃないよ、当たり前でしょう、とかなり強い口調で言い返した。

「このご時世に、簡単に次の仕事が見つかると思っているなんて、どれほど甘いんだ」

怒鳴りはしなかったものの、やはりきつい言い方だった。怒りは私を支配し、涙腺《るいせん》まで刺激する。ここで泣くのは恥ずかしいことだと思い、自分の手を強く握っていた。手のひらに、爪の感触をおぼえるほど。

「私だって、ずっと真面目にやってきたんだし、新卒の頃と違って何もできないわけじゃないよ。それなりにできることはあるし、毎日探していくつもりでいるし」

声を荒らげたら涙がこぼれそうで、あえて抑えて話をした。

父はため息をついた。明らかに、私がおかしなことを言っているとでも言いたげに。

「大丈夫よ。もう子どもじゃないんだし、それに、ほら、辞めることでお金も入るんでしょう。早期」

「早期退職金」

「そう、早期退職金。別に家賃がかかるわけでもないんだし、派手にお金を使うわけでもないんだろうから」

「お前はわからないからそういうふうに言うんだ」

私への助け舟を出した母に対してまで、乱暴に接する父を見て、さらに腹立たしさがこみあげてきた。

「別に養ってくれって言ってるわけでも、仕事を紹介してくれって言ってるわけでもないじゃない。自分で何とかする」

「養われているだろう、実際」

「どうして。お金だって毎月ちゃんと入れてるし、それに、一人暮らしに反対してたのはお父さんのほうだったんだよ。私は一人暮らししたいって言ったのに」

「今そんな話はしていない」

「お父さんが養われてるとか言うからでしょう」

私は立ち上がり、食器を流しに下げると、自分の部屋へ向かった。背中で父の、まだ話してる最中だろう、という声を聞いた。こんなふうに言い争うのは、私が社会人になってから多分初めてのことだった。

大学を卒業してから、ずっと働いてきた二十八歳の私が、何も知らない学生のように思われるのは心外だったし、次の仕事が見つからないとも思えなかった。

今が不景気なことも当然わかっている。実際、私の退職だってそれがきっかけなのだ。不景気に伴う人員削減。来年の三月までに自主退職を申し入れた者に対しては、通常の退職金よりも数割高い早期退職金を支給。即決とまではいかないけれど、決断にさほど時間は要さなかった。

仕事に大きな不満はないが、満足しているわけでもなかった。アパレルブランドの事務職。各店舗の在庫や納期を調査し、データとしてまとめるのが主な仕事内容で、新商品が出る時期には変則的に増える仕事もあるものの、おもしろい、とか、刺激がある、とは言いがたかった。入社前には魅力的に感じていた自社製品も、どれも似たようなものにしか見えず、もはや自分が洋服を好きなのかどうかも揺らいでいた。好きなものに関わる仕事がしたい、と強く望んでいたかつての自分は、毎日の雑事に追われる中で、どこかに紛れて見えなくなってしまっていた。

それに、あの人のこともあった。

両親には絶対に言えなかったけれど、職場の上司と三年のあいだ不倫関係にあった。仕事上の失敗をフォローしてもらったのがきっかけという、どこにでもありそうな、それでも私にとっては唯一無二の恋愛だった。

私が実家暮らしということもあり、さほど頻繁には会えなかった。ただ、だからこそ三年間続いたのかもしれない。最初から未来なんてない前提だったし、それでいいと思っていた。彼の家族にバレればいいのに、と願ったこともあったけれど、ささやかな波風が立つことすらなく、始まったときと同じように、なんとなくの合意の上で終わってしまった。

別れたつらさも未練もさほどないものと思い込んでいたのに、毎日なんら変わりなく見える彼の様子に、心がささくれ立ったし、波立った。なんとなく腹立たしくて、けれどその理由も対処法も見つけられなかった。

職場の同僚たち、ひいては上司たちに、今までの交際を伝えたらどうなるのだろう、と想像してみたものの、実際に行動に移すことはなかった。それが私のしたいことだとは思えなかったし、事実そうじゃなかった。

もちろん復縁を望んでいるわけでもなく、もしかすると彼が離婚することでもあればスッキリするのかもしれないと感じたものの、そんな気配はなく、かといって離婚のために何かアクションを起こすこともやはりできず、ただ正体不明のもやもやを体の中で育てていた。職場で彼の柔らかな話し声を耳にするたび、落ち着きが失われ、かすかな怒りを持て余した。付き合っているとき、私は彼の声を間違いなく愛していた。

早期退職を申し入れたとき、彼は一瞬、上司ではなくかつての恋人としての表情を浮かべた。それからすぐに上司としての表情に切り替わった。いずれも表現されたのは驚きだったけれど、確かにそこには異なる感情が渦巻いていた。気づいていたのは当然ながら私だけであり、そのことを、誇らしくも切なくも思った。彼自身も気づいていなかっただろう。

机の上に置かれた彼の左手は、軽く握られていた。めったにないことではあったけれど、たまに手をつなぐときには、私の右手と彼の左手がつながれるのが常だった。この手の感触を知っているし、はっきりと憶えている、と思いながら、急なことで申し訳ありません、と言って頭を少し下げた。

退職の数日前になって、彼に食事に誘われたときは、本当に驚いた。送別会は済んでいたし、二人になるスキを狙っての誘いだった。断るという選択肢は浮かばず、付き合っていたときと同じように、四つほど離れた駅で会った。向かったのは、何度か行ったことのある和食のお店だった。

コースの最後のほうで、新生姜《しようが》ごはんと春かぶの味噌汁が運ばれてきたときになって、ようやく、という感じで彼は口を開いた。それまではずっと、仕事の話やアパレル業界の話、職場の人たちの話などを続けていて、今日なぜ二人で会っているのかますますわからなくなっていた。誰に聞かれたとしても、単に上司と部下の他愛ない話と思われるに違いない内容だった。

どうしてわざわざ呼び出したんですか、と聞けなかったのは、何を恐れてのことだったのだろう。内心では疑念や憤《いきどお》りを膨らませつつ、私は相槌を打っていた。

「辞める前にきちんと話しておきたかったんだ」

彼の言葉に、私は、はい、と答えて姿勢を正した。まっすぐに見つめ合うことはためらわれ、ほのかに湯気を立てるお味噌汁あたりに目線を置いた。

「受け取ってもらえたらと思うんだけれど」

椅子の背もたれにかけていた背広の内ポケットから彼が取り出したのは、一枚の茶封筒だった。すっとテーブルの上を滑らせ、こちらに近づけようとする。

茶封筒？

手を伸ばし、中を開くと、そこには紙幣《しへい》がおさめられていた。すべて一万円札のようだった。

「何ですか、これ」

自分の声が、やけに乾いたものに聞こえた。ようやく彼の表情を確認すると、彼は自分が責められているかのような、困った顔をしていた。それを見て、私は怒り顔をしているのだろうか、と思った。

「はなむけというか、餞別《せんべつ》というか、そういう類《たぐい》のものだと思ってもらえればいいんだけれど。二十万ほど入ってる。ささやかで申し訳ない」

「ささやかじゃないでしょう。部下が辞めるたびに、全員に二十万円贈るっていうんですか」

勝手に口が動いた。彼は無言だった。言葉はするすると滑り出ていった。早口になった。

「馬鹿にしないでください。そんな程度の関係だったんですか。私はお金をもらいたくて付き合ったわけでも別れたわけでもないです。ちゃんと、一対一の対等な人間として向き合ってるつもりでした。逆に、二十万円ぽっちに換算されるような関係だったってことじゃないですか」

「そういうことじゃない」

「そういうことです、これは」

彼はまた黙る。

「とにかくお返しします。受け取れないです」

私は茶封筒を、彼がさっきしたのと同じく、テーブルの上を滑らせるようにして彼のほうへと近づけた。しばらく茶封筒はそのままテーブルの上に置かれ、奇妙な存在感を放っていた。

「不快にさせるつもりじゃなかったんだ、申し訳ない」

彼は言い、私に頭を下げた。向けられている、この髪の手触りも確かに憶えている、と私は思った。

むしろ善意からの行動であることくらい、わかっていた。私の退職に責任を感じ、単純に自分にできる何かをしたくなって、他の方法は思いつかないのだろうと。それがわかる程度には、私たちは一緒の時間を過ごしてきたし、あらゆるものを理解し、共有してきた。

おそるおそる頭を上げ、こちらの様子をうかがっている彼に気づきながらも、私はそれを無視して、ごはんとお味噌汁に箸《はし》をつけた。どちらもとてもおいしかった。私も彼も茶封筒も、ただ沈黙していた。

お金を受け取っておけばよかった、と初めて思ったのは、どのタイミングだったろう。面接官に明らかに冷たい応対をされたとき。数度目の不採用通知を受け取ったとき。ハローワークの窓口職員に冷ややかな視線を向けられたとき。不採用になったことを伝えた父から無言の返答があったとき。

そして、初めて思ってから、今日までに何度それを思ったことだろう。

あの退屈な映画の中で、一番印象に残ったのは、ヒロインが勤務中に、別れた恋人のことを思い出していて、上司に呼びかけられても気づかなかったシーンだ。スクリーンを見ながら思ったのは、あの人のことではなく、私だったらもっと真面目に働くのに、ということだった。ヒロインの代わりに私を雇ってほしい、と。馬鹿みたいだ。あれは架空の世界なのに。

若いと思っていた二十八歳は、再就職するには微妙な年齢であるというのを、就職活動をする上で知った。存在しないようなふりをしているけれど、男女の違いは歴然とあるのだという当たり前の事実。事務職の経験というのも、さしてプラスにはならないことも、実際に活動してから知ったことだ。あぁー、経理はされていなかったんですか、という、今日の午前中に面接官から発せられた言葉が耳元でよみがえる。あの瞬間にもう、この会社に採用されることはないのだと知らされたようなものだった。

おいしいと思えない黒ごまとクリームチーズのパンを、義務のように噛《か》んでは飲み込んでいく。もはや味もわからない。パン二つとスープで、七百三十五円。映画は千円。ここまでの電車賃は一度の乗換えがあって三百三十円。

日増しに預金残高の数字は減っていく。電車移動にも食事にもお金がかかる。生きていくことはお金を消費することとイコールであるのだと、そんな些細な、子どもでもわかるような事実を意識せずに暮らしていた自分を思い知っている。

お金を受け取っておけばよかった。

また思ってしまう自分に気づき、泣きそうになる。彼のお金を受け取らなかった後悔が浮かぶたびに、自分がすり減っていくように感じる。すり減って、ますます惨《みじ》めになっていくかのように。

帰宅したら、母はまた、おかえりなさい、と明るい声をあげるだろう。面接はどうだったかということを母は聞かない。おつかれさま、と言うだけだ。優しさをうまく受け取ることができず、それどころか勝手に傷ついてしまう私がいる。

パンを食べ終え、底のほうにわずかに残っていたミネストローネを飲み干す。

これももはや冷めたものとなっていた。胃が重たく感じられる。

首を回すと、わずかな音が立った。右手で左肩を、左手で右肩を軽くもむ。

呼びかけられているのに気づき、椅子から立ち上がった映画のヒロインのように、私もまた立ち上がる。ヒロインは男のデスクに向かっていったけれど、私が向かっていく先はどこなのか、自分でもまだわかっていない。

テーブルの上に置かれたなつかしい手に触れることももうないのだと

#7 彼女じゃないあたし

《女が家を出て、階段を下りたすぐ近くにある自動販売機の前へと行く。

夜で街灯も少ないため暗い。後ろを自転車に乗った男性が通り過ぎる。

かつてここで男と一緒に飲料を買ったことを回想する。

回想を消すように、女は頭を横に振り、手に持った財布から硬貨を取り出す。

硬貨を入れ、飲料を買おうとするが、人差し指を伸ばしたまま、どのボタンを押すか考え込んでしまう。

女はどんどん考え込むような表情になり、結局は何も選べないまま返却レバーに手をやる。

チャリンチャリーン、という返却口に落ちる硬貨の音》

　あたしがこの映画館に入ってみたのは、とにかく少しの時間、落ち着ける場所が欲しかったからだ。別にカフェだってファミレスだってよかったんだけど、ほぼ部屋着に近い自分の服装も、スッピンも、電車に乗り込んだ途端に気になりはじめていた。映画館の中なら暗いから、誰に見られることもない。それにたまたま通りかかったのも何かの縁だと思えた。

　建物よりも、外に出された看板に目がいったのは、若干うつむいて歩いていたせいだ。

　何度もこの駅で降りた経験があり、この通りを歩いた経験があるにもかかわらず、映画館の存在に気づいたことはなかった。一人で歩くことはめったにないせいかもしれない。いつも、買い物やごはんなど、他に目的があってやって来ていた。今日みたいに、特に行き先もなくふらふらとたどり着いてしまったのは初めてだ。さして目立つ何かはないけれど、あたしはこの街が好きだと思っていた。

なんとなく地元に似ているからだと思う。もっとも、地元では、同じような規模の街が、一番の都会扱いだった。

看板に貼られたポスターは、今上映されている映画のものだった。

《かすかな光、ゆるやかな再生／きっと何度でも生まれることができる》というコピー。どうやら恋愛ものらしい。

別れたい、別れたくない、別れるしかないのかなあ、別れなきゃ、別れられるかな、別れたらどうなるんだろう。部屋を出てから、胸の中でずっと繰り返されるのは、そんな言葉ばかりだったから、再生というフレーズに、軽く袖を引っ張られるような感覚があった。

上映時刻は今から十二、三分ほど後。ちょうどいい。

さらに、ポスターの下には、レディースデー一〇〇〇円、と印刷された紙が貼られていた。観よう、と決めた。

狭い入り口を抜けて、廊下ともいえないような廊下と、ロビーともいえないようなロビーをつなぐカウンターで、女の人からチケットを購入した。一枚お願いします、と言うと、わずかに口角を上げて微笑んで、すっとチケットを出してくれた。

「本日レディースデーのため、女性は千円となっております」

まっすぐに見つめられ、あたしはあらためて自分がスッピンであることや、さっきまで泣いていたせいでまだまぶたが赤く腫れているであろうことが、気になりはじめてしまう。財布から千円を取り出し、チケットを受け取ると、慌てて進んだ。

ちらっと見たロビー的なスペースの壁に貼られた、いくつかのサインが気になった。どれもちょっと古そうだ。知っている人の名前はありそうになかった。他には自動販売機や椅子。棚にはいくつかのチラシ。映画や展示会のものみたいだ。特に興味は惹かれなかったので、中に入ることにした。

重たい扉を押して入った劇場内は、想像していたものの、やはりさほど広くない。

後方にはぱらぱらと人がいる。あたしと同じような一人客もいる。あえて、かなり前列寄りの席に座った。後ろのほうが見やすいけれど、知らない人たちから離れたかった。

映画を一人で観るなんて初めてのことかもしれない、と席についてから気づいた。中高時代は友だちに誘われて観に行くくらいだったし、最近は基樹《もとき》に誘われないかぎり映画館には来ない。もっともそれは、どんなことでもそうだ。あたしは基樹を最優先にしている。友だちとの約束も、以前より減った。突然彼に呼び出されても平気なように。一人で部屋で過ごすときも、たいていは基樹にまつわることをしている。彼が喜びそうな料理を作って冷凍しておいたり、いつやって来ても大丈夫なように掃除をしたり、授業を突然休んでも支障がないように課題を進めておいたり。

トートバッグから携帯電話を取り出す。四隅《よすみ》に小さく猫のイラストが描かれ、真ん中にはブランド名が書かれたこのバッグは、好きなブランドのノベルティとしてもらったものだ。ちょっとした外出によく使っている。

おそるおそる、携帯電話の電源ボタンを押した。浮かび上がる文字。メールが来ていないかを問い合わせる。ドキドキしながら待っても、携帯電話は新着メールを知らせてはくれない。そのまま見つめても、ただ画面は暗くなってしまっただけだった。

電源、入れなきゃよかった。

携帯電話なんて存在していなければいいのに。

あたしはまた電源ボタンを押し、バッグの中へと携帯電話をしまいこんだ。期待するから失望するのだ。わかっているのに、いつも無意識のうちに期待している。

午後から授業があるはずの基樹は、それまでどんな気持ちであたしの部屋で過ごすのだろうか。怒っているのか、悲しんでいるのか、あたしがどこに行ったのか心配しているのか。

それとも、誰か別の女の子のところに出かけているのだろうか。着信履歴にたくさん名前を残していた子のところとか。

ふっと湧き上がった想像上の光景が、重たいリアリティーを伴って、あたしの心にのしかかり、潰されそうになる。別の女の子と、笑い合う姿も、抱き合う姿も、見てもいないのにありありと浮かんでくる。

あたしの目からは、また涙が流れてくる。さっき部屋で泣いていたときのように激しくはない。ただ静かに流れ出る。あたしはバッグからティッシュを出して、あまり音を立てないようにしながら鼻をかむ。

もうやっぱり別れるしかないんだ。こんなふうに、どんどん暗くて黒い気持ちになってしまうのは苦しいし、きっと正しくない。恋愛ってもっと、優しい気持ちになったり、楽しかったりするもののはずだ。

そもそも付き合うときから、何人もの友だちに反対されていた。ダイレクトだったり、遠まわしだったりしたけど、基樹は恋人としてはよくないんじゃないかというのがみんなの共通意見だった。

何を言われても関係なかった。みんなの声が聞こえないというわけでも、間違っていると思ったというわけでもない。ただ関係なかった。目の前にいる基樹への好意が絶対で、基樹があたしのことを好きだと言ってくれるのが、世界のすべてだった。

上を向いて、必死に涙をこぼさないようにする。暗い想像も、悲しい思いもまっぴらだ。

長めの息をついたところで、後方から男女の声が聞こえてきた。さっきから、女の人同士が話している声は聞こえていたけれど、内容までは気にしていなかった。カップルのやり取りは、声をひそめていることで、逆に目立ってしまっていた。

「もしかして、男って、おれだけじゃないの」

「そうかも。ごめんね」

二人とも若そうだ。同い年くらいだろうか。だとすると大学生。不機嫌そうな男の子に対し、気を遣う女の子。彼女ももしかして、周囲の人たちから、彼とは付き合わないほうがいいよ、なんて言われたりしているのかもしれない。でも本当はそんなことなくて、彼はいつもはとても優しい人ってこともありうるか。

場内が暗くなる。映画が始まるようだ。暗さに安心をおぼえながら、あたしはシートに背をあずけた。古そうなわりに、やけに落ち着く椅子だ。

映画はカップルが海岸を歩いているシーンから始まった。手をつないで歩くカップル。

あたしはスクリーンの中の嬉しそうな表情の彼女に、似ても似つかない自分を、勝手に重ねてしまう。大好きな人と過ごす時間がどんなに幸せなものなのか、一年前は知らずにいたことを、確かに今のあたしは知っているから。

彼女が彼に、一番行きたい場所ってどこ？　と問いかけ、答えが出ないうちに、シーンは切り替わってしまう。

いくつかのシーンが進んでいくにつれ、最初に出てきた彼と彼女は、もう別れてしまったのだとわかった。彼女はまだ彼のことが好きなのだ。仕事をしていても、友だちといても、手に入れてしまった空白は埋められない。

まるで違う恋でありながら、あたしはどんどん苦しくなってしまう。

映画の中の喪失感《そうしつ》が、丸ごと自分の中に降ってきたように感じられる。

ある夜、彼女は家の近くの自動販売機に飲み物を買いに行く。かつて何度も彼と行った場所。いつも彼がコーヒーを買っていた自動販売機で、彼女は買うものを選ぶことができない。彼のことを思い出してしまい、結局何もボタンを押せずに、その場を立ち去る。

わかる、と思った。確かにこの感情を知っている、と。

あたしが経験したことじゃないのに、共感は膨らんでいく一方で、スクリーンを見つめながらも、どこかでは基樹のことを思い出していた。今まで思い出さずにいたことまで。

基樹とは去年、お互い大学一年生のときに同じ授業をとっていて知り合った。生命科学A。ある日、後ろのほうにいたあたしの隣にいきなり座った基樹は、今までのプリント持ってる？　と話しかけてきた。親しげな様子に、誰かと人違いをしているのかと思ったほどだ。

授業が終わってから、貸してあげたプリントを、基樹が全部コピーするところまで付き合った。

「ありがとう。今度お礼するよ。連絡先教えて。おれは立花《たちばな》基樹」

当たり前のように携帯電話を取り出して言われたので、断るという選択肢も考えられず、素直に交換した。そのまま基樹が立ち去ると、それまで一緒にいた友だちは、あいつの噂、聞いたことあるかも、とちょっと苦々しげに言った。いろんな女の子に声をかけまくっているということで、どうやら早くも有名になっているらしかった。

「気をつけなよ。香枝《かえ》、騙《だま》されやすそうだし」

そう言う友だちに、気をつけるも何も今知り合ったばっかりだし、と返事をしたときのあたしは、そこから始まる未来を、ちっとも想像していなかった。

もっともそれは、確かにねー、と笑っていた友だちにしたって同じだろう。

翌日になって、基樹から本当に連絡が来たのには驚いた。今日昼めし行ける？　という唐突な誘いだった。予定があったので断ると、じゃあ明日は？　と続けざまに訊ねられ、勢いに流されるままにＯＫした。

高校は共学だったけれど、二つしかない女子クラスになったことで、男子と話す機会なんてほとんどなかった。合コンをしている子もいたけれどそれは一部で、あたしは恋愛や男子に興味を持ちながらも、特に自分から接近しようとは思っていなかった。なので強引に物事を進めていく基樹は、とても新鮮に映ったし、自分とはまるで違う生物なのだと感じて、興味が湧いた。

基樹が指定した、大学近くの定食屋で、あたしたちは初めて二人きりでごはんを食べた。初対面のときの強引さは薄れていて、基樹はあまりしゃべらなかった。あたしは沈黙が怖かったので、過剰なほどにいろんなことをしゃべった。基樹は相槌を打ったり、ツッコミを入れたりしながらも、ずっと楽しそうにしていて、その様子に安心した。

会計は、お礼だから、と基樹がおごってくれた。悪いので少しでも払うと言うと、じゃあ次はそうして、と基樹は言った。

次があるんだ。

驚きとともに生まれた感情は、喜びというのが一番ふさわしい呼び名だったと思う。何の気なしに発したであろう次という言葉を嬉しく思っていたあたしは既に、基樹を好きになっていたのだ、と今ならわかる。

スクリーンの中の彼女が泣いている。もう何度も何度も、映画の中で見せている涙。スクリーンの外にいるあたしもまた、つられるように涙を流してしまう。

ずっと暗い空間にいたから、ひさしぶりに出た外の明るさに動揺してしまう。なんだか間違っているようだ。

この感じは何かに似てる、と考えて、すぐに思い当たった。飲み会のあと、終電を逃した数人でカラオケボックスで徹夜したときの光景と一緒だ。うわー、外もう明るいじゃん、ってそばにいる誰かが今にも言い出しそうな光。

さっきまで暗い空間の中で居合わせていた人たちは、特に何を言うこともなく、それぞれの方向に動き出していく。あたしは後ろ姿を見送ってから、決めていた場所に歩き出した。

隣の駅に、大きな公園がある。ここからだと歩いて二十分もかからないはずだ。そこに行こうと、エンドロールが流れる画面を見ながら思っていた。目的なんてない。ただ泣いてしまっても許される場所だと思った。

映画、おもしろかったな。すごくよかった。主人公の気持ちひとつひとつが、手に取るようにわかった。あたしの気持ちをそのまま言い表してくれているようにも感じられた。

下だけはスウェットからマキシスカートに穿《は》き替えてきたものの、明るい中で見る自分の格好は、やっぱりカジュアルすぎる。薄いピンクのハイカットスニーカーもかなり履いているものだとわかるほど汚れているし、細かいドット柄のパーカも袖口の糸がほつれている。下は部屋着にしているタイダイTシャツのままなので、若干寒くもあるし。

おまけに中途半端な髪の毛。鎖骨《さこつ》を過ぎるくらいになった髪の毛は、そのうち切ろうと思ってそのままだ。いつもはヘアゴムかシュシュでまとめているのに、バッグに入れ忘れてしまったせいで、ところどころはねている。

こんなんじゃ、基樹に愛されなくても無理はないのかも。

自分で思ったことに、また泣きそうになる。今日だけでどのくらい泣きそうになって、さらには実際に泣いているのか数えきれない。ゆるみまくっている涙腺は、もはや切れたゴムみたいだ。

観ていた映画のあらゆるシーンが思い出される。幸せそうだった彼女、泣いていた彼女、途方に暮れていた彼女。ラストシーンでは笑っていた彼女。

再生。生まれ変わる。映画のポスターには、確かそんなことが書かれていた。実際にラストシーンは、一人になった彼女が決意を固める、明るい未来を予感させるものだった。

あたしもあんなふうになれるんだろうか。

もう一年近く、基樹との日々を過ごしている。彼に出会う前まで、どんなふうに暮らしていたのか、あたしは思い出せなくなりつつある。彼と会っていないときだって、あたしは彼のことを考えて動いているし、彼に属してる。

基樹はそうじゃない。ずっと、そうじゃない。

あたしたちは一応恋人同士だ。一応と付けなきゃならないのが悲しくなる。付き合ってと言ったあたしに、いいよと基樹は言ったけれど、そんなのは単なるやり取りで、授業の話や友だちの話や食べ物の話の延長に過ぎなかったのだ。彼にとっては。

告白したのは初めてだった。多分断られはしないだろうと思っていたのは、あたしたちは既に体の関係を持っていたから。あたしは初めてだったので、まるで慣れていなかったけれど、ただ黙って基樹に従っているだけでよかった。いつのまにか唇を重ね、いつのまにか服を脱ぎ、いつのまにかセックスしていた。人の話として聞いたなら、いつのまにかなんてありえないと思うだろうけれど、本当にそうだった。基樹の言葉や態度は、あたしの中で、勝手に魔法みたいに変換される。魔法、あるいは催眠術《さいみん》的なもの。

付き合う前からうすうす感じていたけれど、基樹には仲のいい女の子がたくさんいた。学校にもバイト先にも地元にも。基樹と学内を歩いているときに、他の子に話しかけられた彼が、そのままその子と別の場所に行ってしまったりしたことも、一度や二度じゃなかった。

それでも、付き合えば変わるんだと思っていた。恋人にさえなれば、あたしが一番で唯一になって、他はなくなるのだと。

いつか変わるだろう、と思っていた一年近くの年月は、あっというまに過ぎてしまって、残されたのは、何も変わりはしない基樹と、嫉妬や黒い妄想の重みで潰れそうになっているあたしだ。基樹は会いたいときだけあたしに会い、気が向いたときだけあたしの家に泊まっていく。

ただ、一方では、あたしは基樹の自由さに惹かれているのだと気づいている。彼はいつだって自由で楽しそうで、あたしはそういうところに憧れているのだ。我ながら、どうしようもない。

もうすぐで公園というところで、あたしはまた泣き出してしまう。すれ違う人たちが、ちらりとこちらを見ては、見ていないふりをする。あたしは彼らの目に、どんなふうに映っているんだろう。

平日の午後の公園には、さほど人はいない。時おり犬を散歩させているおばさんがやって来て、その中には立ち話を始める人たちもいる。

あたしは木の陰《かげ》になっているベンチに腰かけた。広い道を挟んだ向かいにも同じようにベンチがあって、そこではおじさんなのかおじいさんなのかわからないけれど男の人が、自分の顔にスポーツ新聞をかけて横になっている。眠っているのだろうか。

歩いている途中で買った、ペットボトルに入ったあたたかい緑茶を飲む。あたたかいお茶にするか冷たいお茶にするか迷ったけど、日陰は少し肌寒くて、こっちにしてよかったなと思った。

今あたしがここにいて、こんなふうにお茶を飲んでいることを、基樹は考えもしていないのだろうな、と思うと、寂しさと同時に、わずかな解放感が生まれた。基樹と関係ない行動を取れる自分が、まだ残っているのだと思えて。

それでもこんなふうに一人でいると、あたしは彼のことばかり考えている。繰り返し、飽きもせずに。

「あんな男の人といたって、不幸になる一方なんだから」

映画の中で、彼女の友人が、落ち込む彼女に言ったセリフだ。ひどく突き刺さったのは、自分に言われたような気がしたから。本当に言われたとしても、あたしはそれを否定することができない。

一番印象的だったのは、彼女が自動販売機の前で立ち尽くすシーンだ。彼がいなくなって、飲み物すら買えない彼女。きっとあたしもそうなる、と思った。確信よりももっと強い。預言者《よげん》の気持ちってこういう感じなのかもしれない。

基樹を好きになってから、今まで自分が欠落して生きてきたことをあたしは知った。自覚していなかっただけで、あたしの中にはずっと空白があった。埋められるのはまぎれもなく、世界でただ一人、基樹だけ。

基樹だけ、なのに。

晴れた秋の空を眺める。流れていく雲。こんなところで過ごすことを、数時間前に起きたときは予想もしていなかった。

目覚めて、どうして彼の携帯電話を見ようなんて思ったんだろう。眠っている彼の枕元に置かれた携帯電話は、ロックされていなくて、着信履歴やメールのやり取りを簡単に見てしまえた。見なくていいものばかりだった。送信メールを見ようとしていたところで、彼はいつもと違う気配を感じたのか、目を覚ました。

あたしは、見たのはごめんなさい、と言ってから、でもひどい、とさらに言った。言葉は次々に出てきた。泣きながら怒るあたしに彼は、なんでそんなことするわけ、と寝起きの不機嫌さを保ったまま言った。

「してるんじゃなくて、させてるんじゃん」

「させてない。おれは頼んだおぼえはない。そもそもみんな単なる友だちだから」

「友だちが、好きって言ってきたり、ハートマーク送ってきたりするものなの？それも一人じゃないんだよ？」

「そういう子もいるってだけだろ。向こうの気持ちまでコントロールできるわけじゃないし」

「いったいなんて返すの、そんなこと言われて」

「スルーだよ」

「スルーしてたらそんなに何度も送ってくるはずないじゃん」

「もうほんと、朝っぱらからなんなんだよ」

「なんなんだよってなんなの。もういいよ」

泣くあたしを、基樹は眉間に皺を寄せて見ていた。冷たい視線だった。全く赤の他人だった、初めて会ったときですら、基樹は親しげな目をしていたのに。

あたしは立ち上がり、下だけを着替え、顔を洗うと、そのままパーカを着て、トートバッグを持って、部屋を出てきたのだった。何も言わない基樹を残して。

飽きもせずに涙は出る。あたしはベンチに腰かけたまま、バッグから携帯電話を取り出し、電源を入れた。浮かび上がる文字。

もっと時間が経ったように思っていたけれど、まだ一時前だった。

新着メールを問い合わせようとするより先に、画面がメールの受信を知らせる。三通。いずれも基樹からだった。

「今どこ?」

「ごめん」

「ちゃんと話したい」

どれも短いメールだ。絵文字も入っていない、いつものシンプルなメール。見ているうちに、熱いものがこみあげてくる。

どう返したものか迷っていると、今度は着信があった。浮かび上がる基樹の名前。あたしは涙をぬぐって、通話ボタンを押す。

「もしもし」

「やっとつながった」

基樹の声を聞いた瞬間、あたしはひどく懐かしい気持ちになった。たった数時間離れていただけなのに。電話越しの、少しくぐもった基樹の声は、寒い日に飲むホットココアみたいに感じられた。

あたしはこの人が好きだ。

声だけで実感できた。さっきからずっと、ずっとずっと、声が聞きたいと思っていたんだ。

「どこにいるの？　外？　メールしたんだけど読んだ？」

「うん、読んだ」

あたしは泣かないように気をつけながら話す。そっか、と言う基樹の声はひどく優しい。

「今、公園にいるよ」

「公園？　なんで？」

「なんでだろう」

あたしの答えに、基樹はちょっと笑った。笑ってもらえて嬉しかった。あたしと話していて、基樹が笑うと、いつも嬉しかった。いつだって、どこだって。

「授業終わったら、バイトまで少し時間あるから、どっかでめし食おうよ」

「うん、わかった。じゃあまたメールする」

「うん、後で。またね」

「またね」

通話を終えて、また空を見た。流れつづける雲。

全然別れられそうにない。

このまま一緒にいると、きっとまた同じことで、あたしは傷つくし、数えきれないほど泣くだろう。暗い感情をたくさん抱えこんで、重みにたえかねて苦しむだろう。基樹は変わらずに、たくさんの女の子たちの影をちらつかせるだろう。

今はもう、それでよかった。

映画の中の彼女は、彼女を不幸にする恋人と別れ、自分の道を歩き出す。恋人なしでもさまざまなものを選び取れるようになるだろうし、きっとまたどこかで新たな恋もする。

あたしはまだ、基樹と一緒にいよう。どこまでかもいつまでかもわからない。それでも今、基樹に会いたい。会いたいし、話したいし、触れたい。いつか解ける魔法だとしても、彼にとって唯一の存在にはなれないとしても、一人では何もできなくなったとしても、基樹に会いたい。彼が笑うと嬉しい。笑う彼を見ていたい。

立ち上がって、両手を組み、両腕ごと頭上に伸ばす。映画の中の彼女じゃないあたしは、バッグを持って歩き出す。

明日には消えるとしても構わない　今も魔法を信じてるんだ

#8 映画じゃない日々

十六種類の野菜入り、雑穀《ざっこく》米使用、コンビニで購入した、ヘルシーというのが売りの、野菜ビビンバのカロリーは431。400カロリーを消費するためには、時速六キロのウォーキングなら二時間必要。

明日のCMオーディションには水着審査が含まれている。もっとも賢明《けんめい》な判断は、食べない、だろう。しかも今は深夜だ。深夜の、それも睡眠直前の食事は肥満につながりやすい。けれど空腹にはたえられないし眠れそうにない。睡眠不足もまた健康やダイエットの敵。

ビビンバを食べている最中も、食べた後も、とにかくたくさんの水を飲む。インターネットを使って買いだめしているミネラルウォーター。ライトブルーの二リットルペットボトルから、グラスに移すこともせずに。

食べ終えてすぐに立ち上がり、トイレに行った。トイレットペーパーホルダーもマットも便座カバーも蓋カバーもスリッパも、すべてオレンジで統一してあるのは、風水でそれがいいと出ていたからだ。北向きのトイレにはオレンジやピンクの小物を。トイレのドアや蓋は常に閉めておくように心がける。本気で信じているわけではないけれど、その程度の努力で改善されることなら、いくらだってやる。

蓋を開け、そのまま便器に向かって嘔吐《おうと》する。嘔吐するのは風水的にはいいだろうか。きっといいはずがない。でも水着審査でお腹がポッコリ出ているのにくらべればずっとマシ。

先週サロンでやってもらったばかりのネイルは、ストーンを付けた逆フレンチ。秋ファッションにピッタリなんですよぉー、と担当の人が言っていた。落ち着いたのも可愛いのもいける感じじゃないですかぁ、と。

ストーンがはがれたり、爪が粘膜《ねんまく》を傷つけたりしないよう、気をつけながら人差し指を喉の奥へとさしこむ。うぇっ、という低い音が自然に出る。口から溢れるのは、ほぼ液体だ。野菜の色や調味料の色がいくつか混ざっている。当然、綺麗なはずはない。ある程度嘔吐したところで、水を流した。過食症というほどのものじゃない。時々、肥満が怖くなるだけ。醜《みにく》いスタイルを避けたいだけ。病んでない。この程度のことは、言わないだけで、誰にだってあるはずだ。

バスルームと一緒になった洗面台でうがいをし、そのまま歯磨きをする。胃酸が混じっているため、嘔吐を続けると歯が溶けやすくなると聞いたことがある。そんなのは絶対に避けたい。歯並びの矯正《きょうせい》にだって、かなりの時間がかかっているのだ。中学生のときに、心ない男子に、サイボーグ、とからかわれたりした。本気でけなされていたわけじゃないと知っているけれど、友だちと一緒に行った夏祭りで、自分だけ焼きとうもろこしを食べられなかった悔しさも、十年経った今でも記憶している。

歯磨きをしながら、鏡の中の自分と向き合う。スッピンだけれど、悪くない。いつもどおり。昨日遅くまで飲んだわりに、吹き出物もできていないし、目の下の隈《くま》もない。シャワーを浴びて、乾かさずに眠った長い髪も、今朝慌てて流さないトリートメントを塗りこんだから、そこまでダメージを受けてはいないようだ。まつ毛も最近買った美容液が効いているのか、綺麗に生え揃《そろ》っている。

部屋に戻って、読みかけの恋愛小説を持ち、自分の手と文庫本が入るように、それでいて汚い部屋の様子がわからないように、携帯電話のカメラで撮影をする。

タイトルは『読書の秋♪』にした。メール機能を使ってのブログ更新。スペースや絵文字や顔文字も入れて、二十行ほどの本文を書き、一度読み直してから送信ボタンを押した。事務所の人に借りたこの小説はつまらなかったし、最後まで読んでもいない。けれどそのことは書かなかった。

わたしのブログには、毎日かなりのアクセス数があると事務所の人は教えてくれた。かなりってどれくらい、と聞かなかったのは、本当はかなりじゃないとわかっているからだ。コメント欄は管理が面倒くさいからなくていいと思うよ、と言われたけれど、付けたところでコメントは書かれないだろうからというのが本音だろう。

敷きっぱなしのヨガマットの上で、簡単なストレッチを行う。股関節《こかんせつ》や背中を、無理なく伸ばす。本当は毎日三十分から一時間くらいはやるように言われている。毎日なんて、とてもじゃないけど無理だ。活躍しているモデルたちは、実際に毎日やったりしているのだろうか。真偽はともかく、本当かもしれないと思わせる力が、第一線で活躍している人たちには確かに備わっている。

冷蔵庫の中の発泡酒を思い出し、飲もうかどうか一瞬悩む。わずかな差で理性が勝った。明日、オーディションが終わったら飲もう。ちっとも代わりにはならない、ミネラルウォーターを飲む。

立ち上がり、トイレで用を足してから、ベッドに入った。そろそろシーツを替えなきゃ、ともう数日同じことを思っている。

部屋の電気をつけたり消したりするリモコンは、電池が切れかけているのか、調子が悪く、あらゆる角度で試さなければ反応しなくなってしまった。イライラする。

アラームは九時にセットしてある。今は二時。以前はオーディション前日になると、緊張して眠れなかったけれど、もうそんなことはない。今までいくつのオーディションを受けたか、数えきれない。前のように手帳に律儀に、質問されたことや交わしたやり取りをメモしたりすることはなくなった。そういうことじゃないのだ、とあらかじめ合格者が決まったオーディションを見るうちに気づいたから。

おやすみなさい。

心の中でつぶやいて、目を閉じる。

幼い頃から、綺麗だと言われて育ってきた。佐織《さおり》ちゃんは可愛い。佐織ちゃんは美人。時には悪意も含めて投げかけられた言葉を、うまく否定するのにも慣れていった。

確かに自分は綺麗なのだと意識するようになったのはいつからだろうか。小学校低学年のときには、もうわかっていた気がする。同級生たちの意見ではなく、彼らの親だったり、教師だったり、親戚だったり、大人たちの言葉や態度から扱いの違いを嗅《か》ぎとっていた。

「女優さんになるかもね」

冗談まじりであっても、そんなことを言われるたびに、テレビの中で活躍している「女優」という人たちと自分の間の距離が縮まっていくように感じていた。テレビに出て、いろんな話をしたり、ドラマで演技をしたりするのは楽しそうだ、と子ども心に思っていた。

それでも、将来の夢を書いたり言ったりする場面で、わたしが「女優」という言葉を出すことはなかった。「女優」も「タレント」も「歌手」も、ずっと憧れながら口に出せなかった。周囲にバレてしまう気恥ずかしさもさることながら、両親への恐れがあったからだ。

父は私立高校の教師、母は保育士だった。はっきりいって、両親とも厳格だった。とにかくしっかり勉強をすることが、幸せな将来へつながっているのだと、あらゆる言い方で彼らは伝えてきた。三つ上の兄が、幼い頃から勉強が苦手だったせいで、彼らの期待は余計にわたしに向けられていた。

「女優って、どうやってなるのかなぁ」

ある日テレビを観ていたわたしが、ふと発した一言で、リビングに居合わせた両親の態度が変わったのを記憶している。

「あの人たちは特別なんだから。佐織が考えることじゃない」

「まさか女優になりたいの？」

両親の反応で、発してはいけない言葉なのだと気づかされた。わたしがテストで満点を取れなかったときに見せる反応と、とてもよく似ていたから。

中学校に入って、初めて彼氏ができた。一つ上の先輩だった。彼のことは何も知らなかったけれど、告白された嬉しさと、先輩という存在に対する憧れがあって、付き合いはじめた。

「ほんと可愛いよね」

毎日のように彼は言った。わたしは可愛いんだ、と実感できた。全然知らない人に、特別な存在として選んでもらえたという優越感があった。

中学二年生になってすぐ、三年生になったばかりの彼と、ラブホテルに行った。痛みでなかなかうまくいかなかったけれど、最終的には彼の強引さで初体験を済ませた。

翌日の夜、両親は食事もとらずにわたしを呼び、兄を自分の部屋に下がらせた。ひどく長い沈黙のあと、ようやく覚悟したように、父が口を開いた。

「昨日、お前はどこかに行ったのか」

驚いた。よくない話が出てくるだろうとは思っていたけれど、まさかこんなにも早く、ホテルに行ったことがバレてしまうとは予想外だった。

「行ってないわよね？」

母は頼みこむような口調だった。お前は黙っていなさい、と父がぴしゃりとはねつけた。

「行きました」

素直さではなく、反抗心から出た言葉だった。行ったけど、だから何？　わたしはもう単なる子どもじゃないよ？　そんなふうに言い切りたかった。

次の瞬間、頬に熱い感覚があった。ピシッ、という音も同時だった。痛みは一瞬遅れてやってきた。

父に叩かれたのは初めてだった。父は怒りに顔を赤くし、それでいてどこか泣きそうな表情をしていた。やめて、と母が叫び、泣き出した。

まるでホームドラマみたい、と思った。頬の熱さとは反対に、自分の感情がどんどん冷めていくのを感じていた。目の前で泣く母にも、怒る父にも、まるで感情移入できなかった。

「佐織、なにか悩みがあるなら言って。寂しかったの？　つらいことがあるの？」

悲しみを隠すことなく話す母の言葉が、安っぽい、馬鹿げたものに感じられる。

もうわたしはこの人たちのものじゃないんだ、と思った。見えない線が迷いなくすうっと引かれた。昨日セックスをした彼のほうが、よっぽどわたしのことをわかってくれているし、わたしのことを愛してくれている。何よりも可愛いものとしてわたしを扱ってくれる。それこそが愛だと思えた。

その日から、わたしと両親の間には埋められない溝《みぞ》が生まれた。愛だと思いこんでいた彼との恋は、すぐに終わってしまったけれど、離れてしまった両親との距離が縮むことはなかった。

よかったはずの成績も、高校受験のときには学年で中の下ほどになっていた。高校に入学するとますます成績は落ち、もはや両親は、見て見ぬふりをしていた。

可愛いと言われることだけは、学年を重ねるにつれ増えていった。わたしは高校の普通科に通っていたのだけれど、工業科の中にわたしのファンクラブがあるのだという噂も聞いた。たくさん告白されたし、常に彼氏がいた。男の子にほめられるのが嬉しくて仕方なかった。認めてもらえた喜びがあった。可愛いとか綺麗とか言われるために、毎日頑張っていた。

女子に嫌われることもあったけれど、彼氏を通じた新たな出会いもあり、周囲には常にたくさんの人がいた。年上の人たちともたくさん知り合い、中にはまた新たな彼氏となる人もいた。親には言わずにバイトもした。学校からも家からも遠ざかって、知らない誰かの家で過ごすことも、新鮮でキラキラした出来事だった。大人に近づいている気がして。

高校二年生のとき、年上の彼氏と東京に買い物に行って、芸能事務所にスカウトされた。渡された名刺に書かれていたのは、まるで知らない事務所名だったけれど、明るい未来を切り開くための、特別なカードみたいに思えた。

芸能人になるのなら、さすがに親に話さないわけにはいかない。夕食時に切り出した話題に、父は向き合おうともしなかった。わたしが出した名刺も見ることがなかった。

「とにかく高校だけは出なさい。話はそれからだ」

わたしが泣こうが怒ろうが、父の答えは変わらなかった。

真剣に家出を考えた。一人で東京に行って、事務所に入って、芸能人として活躍する自分の姿を夢想した。

実行に移さなかったのは、勇気が足りなかったのと、まるで貯金がなかったからだ。わずかなバイト代は、洋服代や化粧品代や外食などで、毎月あっというまに消えていった。貯金がなくてもなんとかなるだろうと思えるだけの強さは、持ち合わせていなかった。

とにかくあと一年と少しを乗り切るのが目標だった。見えないカレンダーを毎日めくっていた。あと少し、あと少し。

ただでさえ進学率は高くない高校だったし、進学をのぞめるような成績ではとてもなかった。三年生になった頃には、三者面談でも臆《おく》さずに、わたしは将来の夢を女優だと話すようになっていた。両親はあきらめていたのか、もう何も言わなかった。ただ、お金は出さないと宣言されていた。

卒業式間近になって、ずっと連絡しないまま、大切に保管していた名刺に書かれた電話番号に連絡した。この電話は現在使われておりません。繰り返される無機質な音声に、血の気がひいた。

東京に行って、事務所に入って、芸能人になる。それ以外の進路なんて考えていなかった。卒業したら、東京で一人暮らしをするのだと、親にも繰り返し話していた。今さら連絡が取れなかったなんて、恥ずかしくて話せるはずがない。

予定どおり事務所に入ることになったと親に嘘をつき、東京で一人暮らしを始めた。仕事が決まっていないため、父親名義で物件を借りたことには、ひどく抵抗をおぼえたけれど、背に腹はかえられなかった。頑張って貯めていたはずのお金は、敷金と礼金と引越し代を払ってしまえば、ほとんど残らなかった。

家を出る日に母が、お父さんには内緒よ、と通帳を渡してくれた。百万円の定期預金。口座はわたしの名義だった。電車の中で、わたしは静かに泣いた。

引越しの翌日、カーテンを買いに出かけた先で、スカウトにあった。待ち望んでいた芸能事務所のものではなかった。いいバイトしない？　とスーツ姿の男は言った。

キャバクラのスカウトだった。考えたこともなかったけれど、時給は今までしてきたバイトの数倍だった。心が揺れた。さらに聞かされた言葉が、決め手になった。

「それに、芸能界に興味ない？　うちの店、芸能関係者もよく来るから、スカウトされたり、そこから女優になった子もいたりするんだよー」

何も知らずに働き出したキャバクラは、思っていたよりもずっとハードだった。人間関係は複雑で、表面上仲良くしている人たちが、陰では悪口や噂話を平気で言いふらす。

父親くらいの歳の男に、太ももに触れられることも、卑猥《ひわい》な言葉で口説《くど》かれることも、気持ち悪くて慣れなかった。鳥肌が立った。トイレでこっそりと嘔吐することも少なくなかった。いつかやって来る芸能関係者に声をかけてもらうことだけが、わたしの希望で唯一のモチベーションだった。

お店でも、綺麗だと言われることは少なくなかった。だからといって人気があったかというと、全然そんなことはなかった。わたしはうまく話すことができなかった。指名を集めるのは、必ずしも綺麗な子じゃない。話したり聞いたりするのが上手な子だ。

「綺麗なだけじゃ置物と一緒よね」

「置物のほうが、気遣わずに済むからまだいいかも」

あからさまな皮肉を、タバコと香水がまじりあった匂いが充満するバックルームで何度も向けられた。聞こえないふりをしながら、ずっと泣きそうになっていた。

わたしはどうして東京に来たんだろう。

自分でも見失いつつあった問いを抱えながら、毎日を消費した。いつかきっと、と信じつづけることで、自分を保っていた。

結局、三ヶ月ほどしてから、わたしはとある芸能事務所にスカウトされた。あんなに期待していたお店の人脈ではなく、高校時代と同じく、買い物中に声をかけられてのことだった。渡された名刺に書かれた事務所名は、やっぱり知らないものだったけれど、わたしの答えはとっくに決まっていた。

とにかく微笑みを絶やさない。かといって不自然ではいけない。少しだけ口角を上げ、この場は楽しいのだと思い込む。

「えーと、野津《のづ》さんね。じゃあまず、目標としている人を教えてください」

「はい、母です。いつも仕事と家庭を両立させていた姿がいまだに印象に残っています。わたしもいくつもの仕事を抱えながら、それぞれに全力投球できる女性となれればと思っています」

もう何度も口にしたことのある答えだ。何も見なくてもスラスラと話すことができる。

「じゃあ最近印象に残ったことを教えてください」

並んでいる三人はいずれも男性で、もうみんな、面接に飽きている様子が見て取れる。背筋を伸ばしているわたしとは逆に、彼らはみんな背中を曲げて、長机に肘《ひじ》をついたりしている。

ビキニを着ているわたしに対して、スーツ姿の男の人が三人並んでいるこの光景は、状況を知らない人から見たらシュールなものかもしれないと思う。

「少し前ですが、映画に出演させていただき、そこで多くのスタッフさんやキャストの方たちとともにお仕事したのですが、あらためて、仕事というのは一人でやれることじゃないんだな、というふうに実感しました」

「映画？　ああ、なるほど。これか。へー、主演だったんですね。映画祭にも出てるんだね」

「はい、貴重な経験になりました」

「なるほど。それではちょっと、立ってみていただいていいですか。あっちの端から端まで歩いてみてください」

ビキニ姿でわたしは狭い部屋の中を歩く。昔は恥ずかしさをおぼえていたのに、今はもう、何も思わない。右、左、と考えなくても自然に手足は動く。

「ありがとうございます。じゃあ、ちょっとこのセリフを読んでみてください。この蛍光ペンが引かれたところ」

渡された台本には、いくつものセリフが書かれている。蛍光ペンが引かれているのは、女の人のセリフらしい。

「どうぞ」

「『今日はありがとう。動物園なんて何年ぶりだったかなぁ。すごく楽しかったよ。また一緒に過ごせたらいいな。今度はどこに遊びに行くか考えておくね』」

「はい、ありがとうございます。では、本日は以上となります」

「ありがとうございました」

深く頭を下げ、背中が曲がらないように気をつけながら退出する。きっとドアを閉めた瞬間に、三人で何らかの短い話し合いがあるのだろう。

多分落ちるな、と思いながら、微笑みをキープして、不安そうな顔をする子たちがいる待合室へと戻った。戻ってきたわたしに、何か聞きたそうな目がいくつも向けられる。けれどここでの会話は禁止されている。

水着の上に直接ワンピースを着て、緊張感が漂っている待合室を後にした。ビルを出たら、事務所に連絡しなくてはいけない。

このオーディションは、何のオーディションだっけ、とエレベーターを待ちながら考える。そうだ、飲料CM。正解、というように絶妙のタイミングで、やってきた古いエレベーターが、チン、と音を立てる。

オーディションの結果、映画の主演に選ばれたという連絡が来たときは、電話を切ってから、一人の部屋で、クッションを抱いて転がるほど嬉しかった。

これでようやく活躍できるんだ、と思った。

事務所に入ったからといって、その日からいきなり女優になれるわけじゃなかった。そもそも、すぐに所属扱いになるわけではないのだという。ボイストレーニング、演技のレッスン、筋トレ、写真撮影。何をするにもお金がかかって、すぐに辞めるつもりだったキャバクラも、生活のために続けざるをえなかった。ある程度のレッスンが終わり、事務所のホームページに所属女優として写真が掲載されることが決まってから、芸名を決めることとなった。あらかじめ決める日を聞かされていたので、さんざん悩んで、たくさんの名前を用意して事務所に行ったのに、意外なやり取りを目にすることとなった。

「本名が、田中《たなか》佐織、か。うーん、ちょっと地味かもね。佐織はひらがなのほうが読みやすいかな。あとは苗字。二文字がいいかな」

「二文字かぁ。野田《のだ》、原《はら》、馬場《ばば》、藤《ふじ》」

「野田、かー。ちょっと普通だよね。もう少し変わった苗字がいいかも」

「あ、じゃあ、野津、はどうですか。ちょっと調べてみますね。あ、タレント名鑑には入ってないですね」

「お、じゃあ、野津さおりでいいか。いいよね？」

「は、はい」

持っていったメモ帳を出すこともなく、わたしはその日から「野津さおり」になった。

「野津さおり」になっても、ホームページに情報が掲載されても、やっぱりいきなり仕事が舞い込んでくるわけではなかった。

事務所に紹介されたオーディションは、片っ端から受けた。数十個受けて、ようやく初めて合格したのは、東京でだけ放映される深夜番組のアシスタントだった。それも、十名ほどいるうちの一人。それでも充分嬉しくて、感激した。

母からは時々連絡が来ていた。いつも心配そうにしている母に、なるべくいい情報だけを伝えたかったけれど、話せることはそう多くなかった。たまには帰ってきたらという誘いを、不自然にならないようにかわしつづけた。兄が結婚したことも、母を通して知った。結婚式はやらなかったらしい。

オーディションを受けるうちに、わたしは少しずつ気づいていった。ずっと綺麗だと言われつづけていたわたしは、本当はそこまで綺麗じゃなかったということに。

学校にはいなかったような綺麗な子たちが、オーディション会場には溢れていた。綺麗じゃない子のほうが少なかった。彼女たちに比べれば、わたしは特別でもなく、目立つこともなく、輝いてもいなかった。顔だって大きいし、輪郭《りんかく》は少々エラが張っているし、脚も長くない。演技だって下手だ。オーディションを受けることは、意識していなかった欠点と向き合うことでもあった。

あきらめようとも思った。芸能界で活躍できるのは、ほんの一握りの人間で、自分がそこに入れる可能性なんて、ごくごくわずかなものだ。選ばずに、あらゆる仕事を受けるようにしていれば、なんとか食べていけるかもしれないけれど、それだって何年も続く保証があるわけじゃない。

東京に出てきて三年目、あきらめに傾《かたむ》きかける気持ちが強まっていたタイミングだったからこそ、映画主演は、射《さ》しこんだ光みたいに救いの象徴に思えた。

野津さおりとしてやっていける。

何度同じカットを繰り返し撮ることになっても、よくわからないダメ出しをされても、ロケで寒い思いをしても、眠れなくても、生まれた自信がわたしを支えていた。

上着とバッグを床に放り出すと、冷蔵庫の中の発泡酒を取り出し、立ったまま口にした。おいしい。昨日から我慢した甲斐があった。はぁぁ、と長い息が出た。発泡酒の缶を握りしめ、ベッドに腰かけると、はぁぁ、と長い息が出た。

映画が公開されても、わたしの待ち望んだ日々は訪れなかった。プロモーションのために、いくつかの番組に出演した。どれもローカル番組で、たいていは深夜だった。放映されたプロモーションCMも一度目にしたきり。映画祭に出たときのニュースは、スポーツ新聞で小さく扱われた。けれど、それだけだった。

電車に乗っていて声をかけられることも、昔の知り合いから連絡が来ることも、黙っていても新たな仕事が舞い込んでくるわけでもなかった。

一度だけ映画館に観に行った。小さな映画館の狭い客席は、ほとんど埋まっていなかった。

最近はもう、あきらめる気持ちも生まれない。あきらめるのにもエネルギーが必要らしい。ただ日々は過ぎていく。オーディションを受けつづけ、たまに受かった仕事をこなす。なんとか生活していけている。今は。来年はどうなっているのかわからない。

まだ二十二歳。もう二十二歳。

はじめてスカウトされた事務所に所属していたらどうなっただろう、と時々夢想してみる。遊びともいえない遊びだ。想像の中で女優として活躍するわたしは笑っている。選べなかった道を夢想することと、輝いていた過去を思うことは、どちらも似ている。

携帯電話が鳴る。きっと事務所からの連絡に違いない。

いい知らせではないと思いつつも、わたしは急いで、床に放り投げてあったバッグから携帯電話を取り出す。まだどこかで、祈りのように抱えている気持ちがあるから。

映画じゃない日々は流れる　待ち受けるものを愛せるよう祈ってる

解説　いつか解ける魔法だとしても

歌人　佐藤真由美《さとうまゆみ》

呼吸をするように、彼女は書く。そんな言葉が浮かんだのは、本書を読み終えた後だった。

加藤千恵さんの小説の特徴は三つある。

優しい（が、甘くはない）、意地悪というよりフェア、そしてなんといっても女性の書く恋愛ものには珍しく「しらふ」。三つと言ってしまったけれど、どれも同じことかもしれない。

本作『映画じゃない日々』には、八人の女性が登場する。

十代から二十代後半までの、職業も年齢もバラバラの彼女たちは、それぞれに輪郭のはっきりしない悩みや不安を抱え、たまたま小さな映画館で同じ映画を観る。

〈あたしは、自分の気持ちも、誰かの気持ちも、面倒くさい〉と思いながら、なんとなく学校に行かなくなって二か月になる高校生（目的地じゃない学校）。〈いいことが起きないことよりも、悪いことが起きてしまうことを怖がっている〉、アクセサリーに関わる仕事をして五年ほどの会社員（個人じゃない自分）。

どのモノローグも、感じていながら気づいてはいなかったことを言い当てられたような、ドキッとするフレーズであふれている。

そのほかに、専業主婦やフリーター、大学生、求職中の女性、映画の主演女優――。立場も年齢も考え方もちがう主人公の、どの話を読んでも身につまされるのはなぜだろう。

それは、この小説のどこにも、価値観の押しつけや自己欺瞞《ぎまん》がないからだと思う。公明正大な人物ばかりが登場するというのではない。

〈自分の声が弾んでしまわないように〉細心の注意を払いながら、友人の不幸を願うわたし（友達じゃない存在）。

　フリーターの朱里《あかり》は、突然映画に誘ってきたかつての同級生・由布子《ゆうこ》の干渉に苛立ちを募らせながら〈結局のところ、わたしは現状を突きつけられたくないだけなのだ〉と気づく（決定じゃない未来）。

　むしろ弱さを抱えた彼女たちは、自分の中のずるさや悪意に、驚くほど自覚的だ。「ごまかしている自分」に気づいた以上、正当化し続けることはできない。

　時折ふっと現れる〈正しい〉という言葉や、誰かが定めた〈幸せ〉〈目的地〉への距離感も、声高に否定するでもなく、でも、その枠にはまりきらない存在への優しさを含んでいる。

　熱烈な恋愛の最中でさえ、恋なんてあやふやで不確かで、わたしたちを簡単に傷つけ泣かせるものだと知っている。それでもしてしまう恋は、ただ陶酔《とうすい》する恋愛より、はるかに切ない。

〈あたしはまだ、基樹《もとき》と一緒にいよう。どこまでかもいつまでかもわからない。

それでも今、基樹に会いたい。会いたいし、話したいし、触れたい。いつか解ける魔法だとしても、(略) 基樹に会いたい。彼が笑うと嬉しい。笑う彼を観ていたい〉(彼女じゃないあたし)。

ニュースのヘッドラインになるような、劇的なことは何も起こらない。一本の映画で人生が変わったりもしない。ドラマは、映画館という非日常空間を出た後の〈映画じゃない日々〉にある。

トロトロのオムライスと温かなミルクコーヒー、誰かのひと言。揺れる髪をかき上げるとき広がった香り。陽の眩しさに一瞬目がくらんだ後に流れていく日常には、ささやかだけれど大切なことがちりばめられている。

描かれてはいないけれども、カフェで出会うおじいさんにも、映画館の受付の女性にも、各々の人生と小さなドラマがある。わたしたちの誰もにそれがあるように。

〈結局、映画を楽しんだだけのわたしは、何も変わっていない〉

主人公の一人は言うけれど、決してそんなことはないはずだ。前にではなくても、人は進んでいる。暗い映画館を出て歩きだすように、この小説は、読んだわたしたちの背中を〈小説じゃない日々〉に向かって押してくれる。

歌人・加藤千恵のファンには嬉しいことに、本作には一話ごとに短歌が――添えられているという以上の存在感で――収録されている。どの歌にも、彼女特有のみずみずしさと前向きさがやさしい言葉とともにある。二〇〇一年に女子高生歌人として『ハッピーアイスクリーム』でデビューして以来、年齢を重ねて扱うテーマは変わっても、そのきらめきは変わらない。見て読んで感じてほしいから、解説はいらないけれど、少しだけ。

説明のできない涙　絵本なら描かれることのない感情だ（ゴールじゃない結婚）

〈説明のできない涙〉を流すのは、自分の涙の意味を「説明したい」「理解されたい」と願う女性だ。ストーリーでは増長した自意識の中でひとり空回りしていたヒロインのイメージが、歌によって重層的に立ち上がってくる。おとぎ話のエンディングでおなじみの幸せな結婚をしたはずの彼女が、今は〈絵本なら描かれることのない感情〉を知るのだ。

テーブルの上に置かれたなつかしい手に触れることももうないのだと〈愛情じゃない封筒〉

この一首は最後の〈もうないのだと〉の〈と〉が利《き》いている。もうないのだと──わかっている？　さびしく思う？　むしろ清々しい？　いずれにせよ、〈なつかしい〉という感情の後ろに、それを客観的に見ているもうひとりの自分がいる。仮に最後の句を〈今はないのだ〉に替えたとしたら、歌の奥行きも、物語を覆う主人公のどこか乾いた絶望の空気も失われてしまうだろう。

加藤さんのどの短歌にも、この客観的な視点がある。それは、迷いの森の闇に射す、ひとすじの光だ。

優しく、フェアで、酔っ払わない。それは、作品だけでなく、ご本人も同じなのだった（加藤さんがお酒に強いかどうかはよく知らないのだけれど）。

彼女と会っているとき、わたしは自分の言葉の一部が悪いように誰かに伝えられてしまうかもなどと心配する必要がない。才能ある作家であることを忘れてしまうほど、彼女には意地悪なところがないからだ。

よく知られていることなので断言してしまうと、加藤千恵作品ではヒロインが恋する相手のダメ男率がきわめて高い。

本作は登場する男性が少ない分、ゼロ一つ足りない（そういう問題でもない）封筒を持ってくる元恋人の上司が健闘していると思う。それ以外にも、彼女や妻の気持ちに頓着《とんちゃく》しない、鈍感な男たちが描かれる。

これは少し不思議なことで、せっかくのフィクションでなぜ残念な男性を多く書くのか、わたしは尋ねたことがある。

別にダメな男の人を書いているつもりはない、とちょっと困ったように加藤さんは言った。

「そんなこと言ったら……、ダメじゃない人なんていないと思うんです」

そのとき、自分がなぜ、加藤さんの書く立場も年齢も恋愛のしかたもちがう女の子たちに、読みながらこんなにも心を寄り添わせてしまうのかがわかった。

特別じゃない、どこにでもいる誰かを、わたしたちは特別に愛してしまう。それを許されることは、特別じゃない自分を含む世界への肯定なのだ。

「呼吸をするように」と冒頭で書いたのは、楽に、上手にという意味ではない。何もとりつくろわず、自分をよく見せようと虚勢をはることもせずに物語を紡《つむ》ぐ真摯《しんし》さを、ごく自然に彼女は持っている。

そんなふうであればいいな、とか、現実よりも美しい世界を「作る」ために加

（この作品は『Feel Love vol. 12～15』に連載
されたものを加筆修正したものです）

藤さんは書いていない。そのままじゃ「ダメ」なんて思っていないから。

世界を作るのでも切り取るのでもなく、ありのままを見つめている。その視線は優しく、フェアで、あたたかい。だから、加藤さんの作品を読むと、その世界の一員であることが嬉しく感じられる。

初めての小説集である『ハニー ビター ハニー』(集英社文庫)は二〇〇九年の出版以来版を重ね続け、現在は十四刷、累計発行部数は十五万部に迫るという。加藤さんの著作はこれまでに十一冊、今年だけで本作を含め三冊の新刊が刊行される。

加藤千恵さんの作品を愛する、女の子が——そして性別も年齢もさまざまな人たちが、これほど多くいるのなら、世の中は思ったよりも素敵なところなんじゃないかとわたしは思う。

購買動機（新聞、雑誌名を記入するか、あるいは○をつけてください）

□（　　　　　　　　　　　　　　　）の広告を見て
□（　　　　　　　　　　　　　　　）の書評を見て
□ 知人のすすめで　　　　　　　　□ タイトルに惹かれて
□ カバーが良かったから　　　　　□ 内容が面白そうだから
□ 好きな作家だから　　　　　　　□ 好きな分野の本だから

・最近、最も感銘を受けた作品名をお書き下さい

・あなたのお好きな作家名をお書き下さい

・その他、ご要望がありましたらお書き下さい

住所	〒				
氏名		職業		年齢	
Eメール	※携帯には配信できません		新刊情報等のメール配信を 希望する・しない		

この本の感想を、編集部までお寄せいただけたらありがたく存じます。今後の企画の参考にさせていただきます。Eメールでも結構です。

いただいた「一〇〇字書評」は、新聞・雑誌等に紹介させていただくことがあります。その場合はお礼として特製図書カードを差し上げます。

前ページの原稿用紙に書評をお書きの上、切り取り、左記までお送り下さい。宛先の住所は不要です。

なお、ご記入いただいたお名前、ご住所等は、書評紹介の事前了解、謝礼のお届けのためだけに利用し、そのほかの目的のために利用することはありません。

〒一〇一-八七〇一
祥伝社文庫編集長　坂口芳和
電話　〇三（三二六五）二〇八〇

祥伝社ホームページの「ブックレビュー」からも、書き込めます。
http://www.shodensha.co.jp/bookreview/

一〇〇字書評

切り取り線

祥伝社文庫

映画《えいが》じゃない日々《ひび》

平成24年10月20日　初版第1刷発行

著　者　加藤千恵《かとうちえ》

発行者　竹内和芳

発行所　祥伝社《しょうでんしゃ》

東京都千代田区神田神保町3-3
〒101-8701
電話　03（3265）2081（販売部）
電話　03（3265）2080（編集部）
電話　03（3265）3622（業務部）
http://www.shodensha.co.jp/

印刷所　萩原印刷
製本所　ナショナル製本
カバーフォーマットデザイン　芥 陽子

Printed in Japan ©2012, Chie Kato ISBN978-4-396-33794-0 C0193